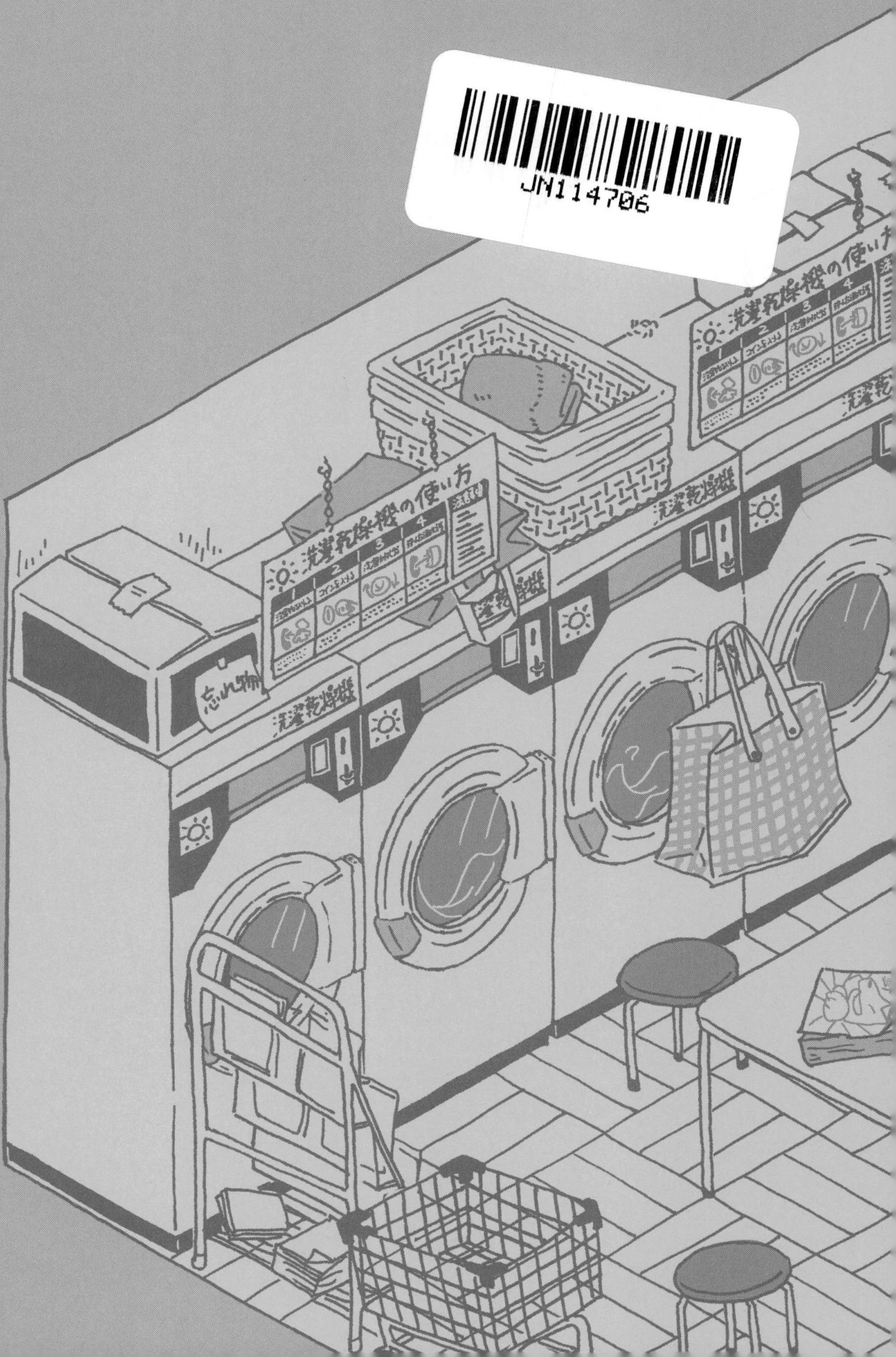
洗濯乾燥機の使い方
洗濯乾燥機
忘れ物

イナバさんと夢《ゆめ》の金貨《きんか》

文 絵

野見山響子

NOMIYAMA KYOKO

理論社

宝湯
コインランドリー

宝湯

もくじ

宝
コインラ
黒田眼科

Ⅰ　イナバさん、宇宙船《うちゅうせん》に乗る

1

「あ、ふってきた」
ぼんやりとながめていた暗い窓《まど》の外に、ちらちらと白いものが舞《ま》い落ちるのに気づいて、イナバさんは声を上げました。
イナバさんは、着こんできたコートの前をかきあわせると、背中《せなか》を丸めました。イナバさんの後ろでは、シュンシュンと湯気を立てるヤカンを乗せたストーブががんばっていましたが、ふいにしのびこんできたすきま風は氷みたいに冷《つめ》たくて、ようやくあたたまってきた空気をだいなしにしてしまいます。

(冷《ひ》えると、思ったんだよなあ)

ゴウン、ゴウンと機械《きかい》の音がひびいていました。リズミカルな駆動音《くどうおん》のあいまに、ザバア、ザバアという水音がはさまります。

(せっかくの、日曜日だったのに)

イナバさんは、ため息をひとつ。そう、今日は日曜日。けれど間《ま》もなく、月曜日にかわろうとしていました。いつもなら、窓《まど》ぎわのベッドで毛布《もうふ》にくるまって、郵便局《ゆうびんきょく》の仕事のはじまる明日に備《そな》えて、眠《ねむ》りにつく時間だったのですが。

ここは、暖《あたた》かくも居心地《いごこち》のいい、イナバさんがひとり暮《ぐ》らしをするアパートメントの部屋ではありませんでした。すきま風にカタカタとふるえる引き戸のガラスに映《うつ》りこんでいるのは、まるで宇宙船《うちゅうせん》か潜水艦《せんすいかん》みたい

ンランドリー
濯乾燥機
洗濯
時間営業中
乾燥まで
1台でOK
開放厳禁

な、ずらりならんだ丸い窓《まど》。イナバさんがやる気なくつっぷしている飾《かざ》り気のないテーブルの背後《はいご》で、ザバア、ザバアという水音に合わせ、丸い窓《まど》の中でぐるん、ぐるんと勢《いきお》いよく回っているのは、「洗濯物《せんたくもの》」でした。

そう、ここは、コインランドリー。お金を入れると使うことのできる全自動洗濯機《せんたくき》が、何台も設置《せっち》されているところです。イナバさんは真夜中に、洗濯《せんたく》をするため、ひとりコインランドリーにやってきていました。

本当は、イナバさんの住むアパートメントには、ちょっと古い型《かた》ではありますが、ちゃんと洗濯機《せんたくき》があります。だから、いつもなら、わざわざお金のかかるコインランドリーに来る必要《ひつよう》なんかありませんでした。それなのになぜ、こんな時間に、こんな場所にいるのかというと……。

「寝《ね》る前のコーヒー、やめとけばよかったなあ」

イナバさんはそうぼやいて、今晩《こんばん》何度目かの、長ーいため息をついたのでした。

＊

それはほんの、二時間ほど前のことでした。

イナバさんは、栗《くり》の木コーポ２０１号室の小さなキッチンで、一番大きいマグカップに、ミルクコーヒーを作っていました。

寝《ね》る前にコーヒーを飲むのはよくない、とはよく聞く話です。コーヒーに含《ふく》まれるカフェインは神経《しんけい》をたかぶらせる作用があるので、寝《ね》つきが悪くなったりするためです。

だから、イナバさんはちゃんと考えました。コーヒーに、たっぷりのミルクをいれたのです。ミルクは、おだやかな眠《ねむ》りをもたらすと言《い》われている飲み物ですから。

「これで、プラスマイナスゼロになるわけ

ですね」

イナバさんは、とくいげに胸《むね》を張《は》って、解説《かいせつ》しました。それを聞いて感心してくれるひとはいませんでしたけど。

この日のイナバさんは、何の予定もない休日を、それはもうなんにもせずに心ゆくまでなまけてすごしました。たいへんにおだやかな一日。そして、眠《ねむ》りにつくまでの残《のこ》りのひとときは、ベッドで毛布《もうふ》にくるまって、読書をして過《す》ごそうと決めたのです。イナバさんは、たっぷりの温かなミルクコーヒーを用意し、お気に入りのマンガを手に取りました。

「うーん、いいにおい」

あたたかなミルクコーヒーの湯気が、イナバさんのひげをうるおします。あふれそうなマグカップに口をつけて、ひと口すすりました。うむ、良《よ》いお味。

（そうだ、とっておきのバターサブレがあったんだ）

イナバさんは、昨日《きのう》大家さんのところにお家賃《やちん》を持って行ったときに、旅行のお土産《みやげ》だという、ちょっと高そうなお菓子《かし》をもらったのを思い出しました。すぐに食べるのがもったいなくて戸棚《とだな》にしまっておいたのですが、あれって、コーヒーのおともにぴったりなのでは？

晩《ばん》ご飯《はん》もすませた夜中に甘《あま》いものというのはどうかと思いますが、そこはそれ、寝《ね》る前にちゃんと歯をみがけばいいのです（こういうとき、悪いこと言《い》わないから我慢《がまん》しときなさい、とか注意されないひとり暮《ぐ》らしって最高《さいこう》だな、とイナバさんは思います）。

お菓子《かし》を取りにキッチンへもどろうとしたイナバさんは、はたと気がつきました。両手が、マンガとコーヒーでふさがっています。

行ったり来たりがめんどうだったイナバさんは、ここでちょっと横着《おうちゃく》をしました。マンガを先にベッドのほうに到着《とうちゃく》させておけば、片手《かたて》が空いて解決《かいけつ》すると思ったのです。

つまり――イナバさんは、マンガ本を、窓辺《まどべ》のベッドに向かって放り投げました。ポーンと。できるだけていねいな、アンダースローで。

「――あっ」

何がどうして、そうなったのでしょうか。そのときイナバさんの目に映《うつ》ったのは、宙《ちゅう》を飛《と》ぶマグカップでした。あれには、ミルクコーヒーが入っています。飛《と》んだりしてはいけないものです。なのに、なぜ。

（ま、待っ……）

ああ、宙《ちゅう》を舞《ま》うマグカップの描《えが》く、その放物線の美しいことと言《い》ったら。イナバさんは、こういう時って本当にスローモーションに見えるんだなあ、などと感心し……。

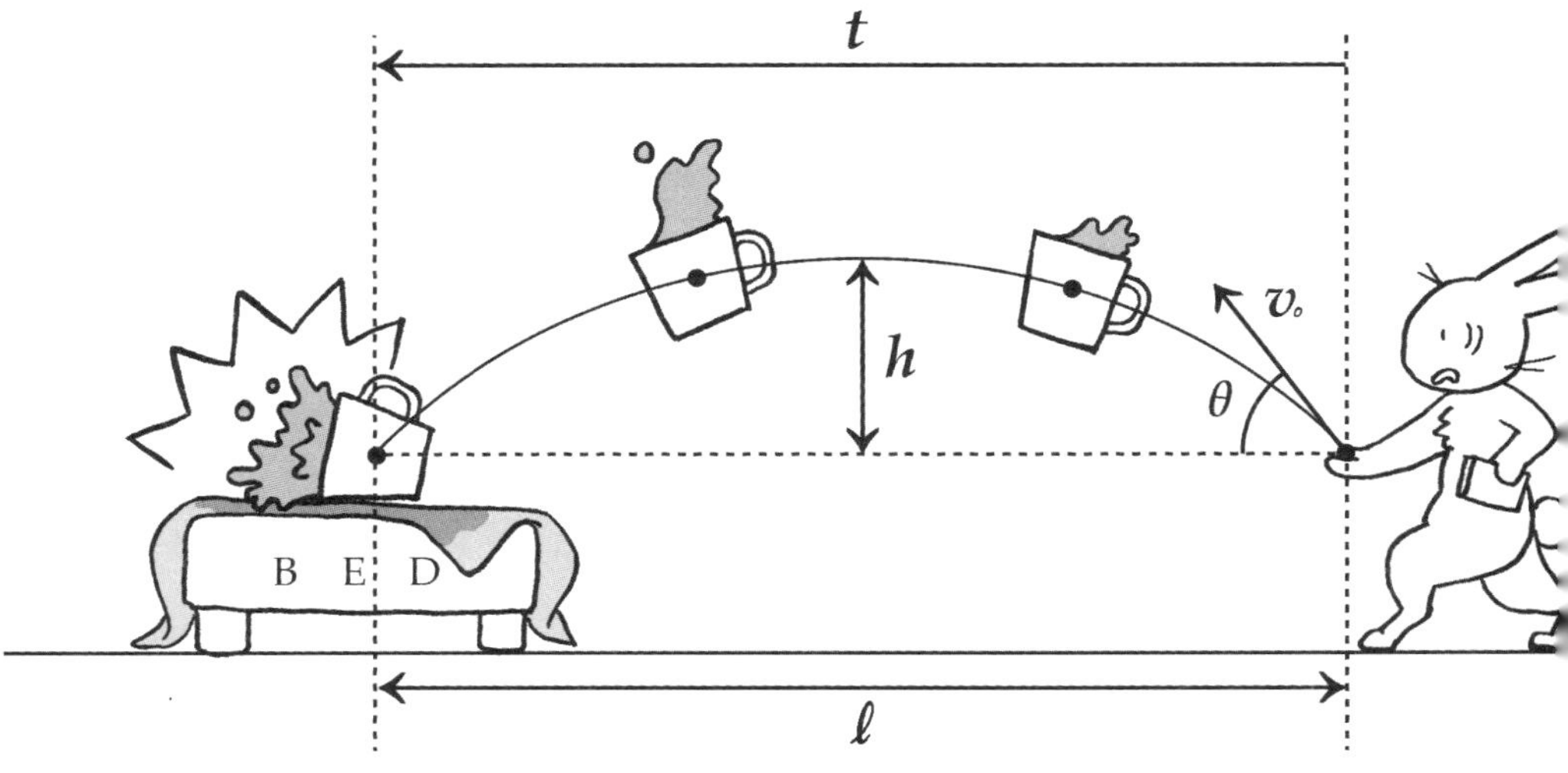

——ばしゃっ！　ごろり、ごろ。

永遠《えいえん》にも感じられる一瞬《いっしゅん》ののち。マグカップは命じられたとおりの距離《きょり》を飛翔《ひしょう》し、ベッドをおおっていた毛布《もうふ》の上に着地しました。とうぜんそれだけではすまず、横ざまに倒《たお》れて転がり——中に入っていたコーヒーは、こぼれて湯気を上げながら、みるみるうちに毛布《もうふ》にひろがっていきます。

イナバさんは思いきり息を吸《す》いこみました。

(（キャー——!!）)

のどもとまで出かかった悲鳴はぎりぎりでこらえました。こんな夜中に叫《さけ》び声を上げるのはご近所めいわくですから。

ゆっくりショックを受けているひまはありません。イナバさんは、大急ぎでベッドから毛布《もうふ》をはがすと、お風呂場《ふろば》に運びこみました。さいわい、毛布《もうふ》の下のシーツやマットレスまでコーヒーがしみこんだ様子はなさそうでしたが……当の毛布《もうふ》は、とてもひどいことになっていました。ミルクコーヒーは作り立てで、ちょっと味見をしただけでしたから、ほとんどまるまるカップいっぱい分、かなりの量《りょう》がしみこんでしまったのです。

イナバさんは、がんばりました。お風呂場《ふろば》のタイルの上で、自分の毛皮までミルクコーヒーまみれになりながら、毛布《もうふ》をしぼりました。シャワーをかけてしみをうすめ、またしぼり、固《かた》くしぼったぬれタオルでトントンとたたいて何度も水けをふきとります。

（次は……かわかさなくちゃ）

じっとりと湿《しめ》った毛布《もうふ》をお風呂場《ふろば》の床《ゆか》の上に残《のこ》して、イナバさんは部屋にもどりました。そして、ためしに窓《まど》を開けてみたのです。

ビュッ!! 吹《ふ》きこんできた空気はびっくりするほど冷《つめ》たくて、イナバさんはちぢみあがりました。ぴしゃり。いそいで窓《まど》を閉《し》めます。

（無《む》理《り》ムリ、外に干《ほ》してもかわくわけない。カッチカチに凍《こお》っちゃう）

イナバさんは、部屋の電気ストーブのつまみを『強』にまわしました。真っ赤になった電《でん》熱《ねつ》線《せん》が一《いっ》心《しん》不《ふ》乱《らん》に部屋を暖《あたた》めはじめるのを横目に見ながら、イナバさんはせっせと部屋の対角線に物《もの》干《ほ》しのロープをはりました。そして、水気を吸《す》ってずっしりと重くなった毛《もう》布《ふ》をどうにか広げ、ひもにかけて干《ほ》しました。

室温の上昇《じょうしょう》とともに、毛《もう》布《ふ》から立ち上る水《すい》蒸《じょう》気《き》で部屋の中はムンムンと蒸《む》し暑くなっていきます。物《もの》干《ほ》しロープが重さでたわみ、しぼり切れていなかった水分が、毛《もう》布《ふ》のはしからピト、ピトとしたたり落ち始めました。イナバさんは、あわてて床《ゆか》に洗《せん》面《めん》器《き》を置《お》いて、しずくを受け止めました。

――そして、おそれていたことが起きたのです。

（ウッ、これは）

あたたかい部屋で蒸《む》された毛布《もうふ》が、不穏《ふおん》なにおいを発しはじめていました。ごぞんじでしょうか、ミルク、牛乳《ぎゅうにゅう》というものは……飲めばあんなにおいしいのに、布《ぬの》にしみこみ、ほどよい温度でじゅくせいされると、ときに、たえがたいにおいを放ちはじめるということを。

「どうしよう……」

イナバさんの部屋に、コーヒーとも牛乳《ぎゅうにゅう》ともつかない、（なんともひどい）においが充満《じゅうまん》しつつありました。たれ下がる毛布《もうふ》を見上げ、イナバさんは途方《とほう》にくれました。とてもじゃないけれど、この毛布《もうふ》にくるまって眠《ねむ》ることなどできそうにありません。

イナバさんの部屋にはこたつがありましたから、そこにもぐりこんで眠《ねむ》れば、今夜をやり過《す》ごすことはできるだろうという気はしました。けれど、明日からはまた、朝出て夜にもどる郵便局《ゆうびんきょく》での仕事の日々が始まります。

イナバさんが毛布《もうふ》を洗《あら》いなおせるのは、次の週末《しゅうまつ》になるでしょう。そして日の短いこの季節《きせつ》、お休みが晴れるともかぎりません。何より、このひどいにおいをさせる毛布《もうふ》と同じ部屋で何日も過《す》ごすのは……むむむ……絶望《ぜつぼう》。

みけんに何本もしわをよせて、イナバさんは苦悩《くのう》しました。

（……洗濯《せんたく》……クリーニング……乾燥《かんそう》……そ、そうだ！）

そこでひらめいたのが〝コインランドリー〟だったのです。

コインランドリー。そう、たしかあそこって、お布団《ふとん》が丸洗《まるあら》いできちゃうような、パワフルな全自動洗濯機《せんたくき》が使えるという話じゃなかった？

そういえば、たまに入りに行くウサギマチの銭湯《せんとう》「宝湯《たからゆ》」の隣《となり》には、コインランドリーがあったはずです。たしか、二十四時間営業《えいぎょう》の。

（あそこなら、自転車で行けば五分かそこらだ）

にわかに思いついた解決策《かいけつさく》に興奮《こうふん》してきて、イナバさんはごくりとつばをのみこみました。部屋の時計を確《たし》かめると、時刻《じこく》は、間もなく十一時半になろうというところです。洗濯《せんたく》して、乾燥《かんそう》して（一時間くらいかかるかな？）――それから、帰ってきて。まあ、いつもより寝《ね》る時間は遅《おそ》くなってしまうだろうけど。

「よ、よーし！」

イナバさんは、決心しました。

イナバさんは、ミルクコーヒーのしみこんだずっしり重たい毛布《もうふ》を、物《もの》干《ほ》しひもから引っぱり下ろしました。そして大きなポリ袋《ぶくろ》に詰《つ》めこみ、ぐるりとひねってサンタクロースのように背中《せなか》にかつぎ上げました。

「……行くぞ」

そうしてイナバさんは、冷《つめ》たい夜空の下へと、部屋を出たのです。

*

「さ、さむーい！」

真っ白な息が、後ろに流れていきます。毛布《もうふ》入りのポリ袋《ぶくろ》を自転車の前かごにおしこみ、ペダルを回して五分たらず。目印《めじるし》の銭湯《せんとう》の煙突《えんとつ》は、夜中でも黒々とした影《かげ》がそびえたち、離《はな》れたところからでもよく見えました。

銭湯《せんとう》「宝湯《たからゆ》」のコインランドリーは、ウサギマチ駅前商店街《しょうてんがい》から枝道《えだみち》に入った先の、住宅街《じゅうたくがい》の中にありました。

すっかり寝静《ねしず》まった町を自転車で走りぬけていると、どんどん心細く、不《ふ》安《あん》になってきます。道の先にまぶしい明かりのともるコインランドリーの建屋《たてや》が見えた時、イナバさんは思わずはあっと息をはきました。

（よかった、やってた！）

窓《まど》に貼《は》られた文字シールは、ところどころ欠《か》けてはいましたが〝24時間営業中《えいぎょうちゅう》〟と読めました。イナバさんは店の前に自転車を止めて、前かごから毛布《もうふ》入りのポリ袋《ぶくろ》をかつぎ上げました。ガラスのはまった戸をカラリと引き開けて中に入ると、ふわり、なじみのない洗剤《せんざい》のにおいが鼻をくすぐります。一歩ごとに、ぎしぎしと床《ゆか》が鳴りました。ほかの利用客《りようきゃく》の姿《すがた》はありません。

「えーと……」

じつは、イナバさんはコインランドリーを使ったことがありませんでした。そもそも、イナバさんはうさぎで自前の毛皮がありますから、毎日の

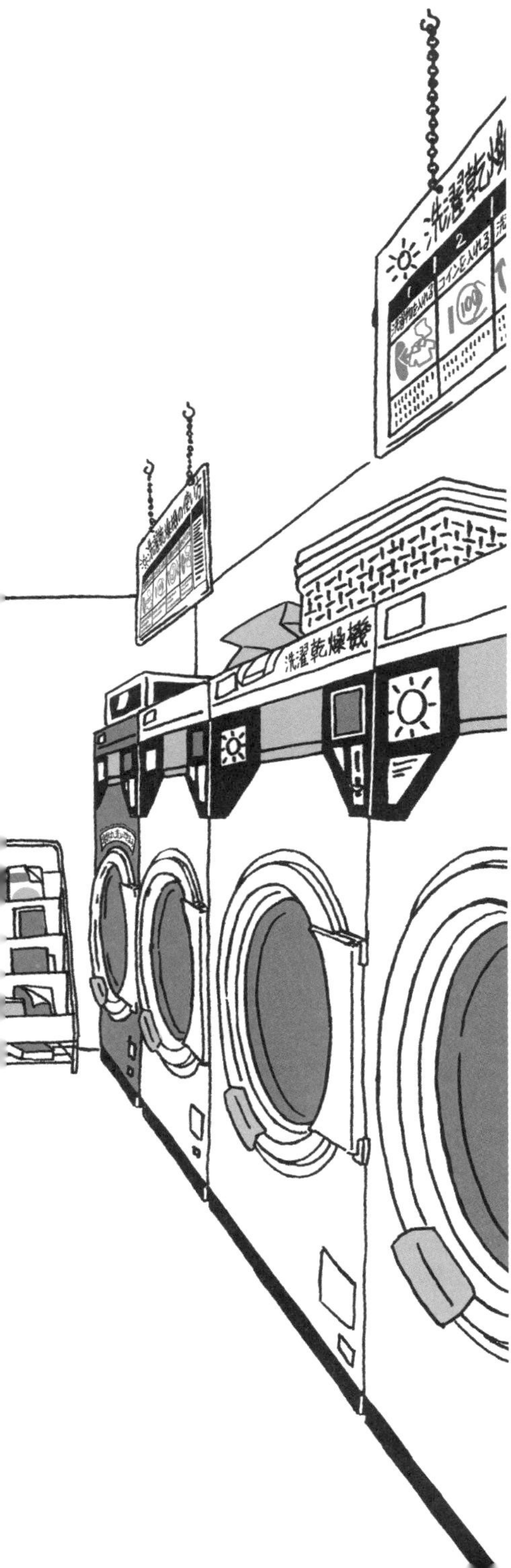

洗濯物《せんたくもの》はそんなに出ません(お風呂《ふろ》に入れば済《す》みますからね)。冬用の防寒《ぼうかん》着《ぎ》や、おめかし用の上着などは持っていますが、それだって年に何度かクリーニング店に出すだけなので、こういうところに来る機会《きかい》はなかったのです。

イナバさんは、毛布《もうふ》の入った袋《ふくろ》を作業台の上に乗せ、ものめずらしさに部屋の中を見回しました。建屋《たてや》は古びていますが、中の機械《きかい》はどれも新品みたいにピカピカです。入って正面の壁《かべ》には、丸扉《まるとびら》のついた〝ドラム式全自動乾燥機《かんそうき》つき洗濯機《せんたくき》〟が全部で五台。とても大きくて、イナバさんなんか、丸ごと入れてしまいそう。カッコイイ。

右手の壁際《かべぎわ》には、イナバさんのアパートにあるのと同じような、ふたが上に開く縦型《たてがた》の四角い洗濯機《せんたくき》と、「シューズ専用《せんよう》」の洗濯機《せんたくき》（中にぐるぐる回るブラシが取りつけられていました）。そのほかには、洗剤《せんざい》の販売機《はんばいき》や、両替機《りょうがえき》などもならんでいます。左手側《がわ》には、洗濯物《せんたくもの》の出し入れの助けになりそうなキャスターつきのカートやベンチ、マガジンラックなどが置《お》いてありました。

イナバさんはきょろきょろとあちこちを見て回り、ふと左端《ひだりはし》のドラム式の洗濯機《せんたくき》の前で首をかしげました。

「なになに……『寝具丸洗《しんぐまるあら》いできます』？」

寝具《しんぐ》というのは、寝《ね》るときに使うもののことです。布団《ふとん》や枕《まくら》、シーツ、そして毛布《もうふ》などでしょうか。

「……『最新《さいしん》テクノロジーによる最高《さいこう》の仕上がり！　すてきな眠《ねむ》りをお約《やく》束《そく》します』……ほー、いいね」

この一台だけ、夜空を思わせる落ち着いた青い色をしているのも、特別《とくべつ》感があって、気に入りました。他の洗濯機《せんたくき》は、大きいのも小さいのも、みんな白い色をしていましたから。

（これにしよう）

そう決めたイナバさんは、毛布《もうふ》の入ったポリ袋《ぶくろ》の結《むす》び目をほどきました。寝具用《しんぐよう》だという青い洗濯機《せんたくき》の丸い扉《とびら》を開き、ポリ袋《ぶくろ》を持ち上げて、ヨッコイショと中に毛布《もうふ》を流しこみました。

「えーとまずは『洗濯物《せんたくもの》をいれる』。うん、入れたね。次は？　レバーをロックして……コースを選《えら》ぶ……『最高《さいこう》ふわふわ仕上げ』っと」

ピッピッ、ピッ。

『洗濯乾燥機《せんたくかんそうき》の使い方』を確認《かくにん》しながら、操作《そうさ》パネルのボタンをおしていきます。

「それから『コインを入れる』。むむ、けっこうかかるんだなあ」

カシャン、カシャン、カシャン、カシャン、カシャン……。

指示《しじ》されるままにコインを投入し終えて、イナバさんはドキドキしながら見守りました。操作《そうさ》パネルと丸扉《まるとびら》のリングがぽうっと光り、やがて、ザアア……と水音が聞こえてきました。

——ゴウン、ゴウン、ゴウン……。

丸い窓《まど》の中で、ぐらん、ぐらんと中のドラムが左右に回転しはじめるのが見えました。どうやら洗濯《せんたく》はちゃんと始まったようです。イナバさんは、ほっとして、いつの間にか止めていた息をはき出しました。

操作《そうさ》パネルには、『60』というデジタル数字が表示《ひょうじ》されていました。これは、洗濯《せんたく》が終わるまでの残《のこ》り時間でしょうか。イナバさんが見ているうちに、数字はパッ、と『59』にかわりました。

(あとは、待つだけ)

やるべきことを終えたイナバさんは、作業台のわきに置《お》かれていた丸スツールに腰《こし》を下ろしました。ひと息ついて気のぬけたイナバさんは、作業台のテーブルにもたれかかりました。

テーブルの上には、開きぐせのついた週刊誌《しゅうかんし》や、古いクロスワードパズル雑誌《ざっし》が積《つ》み上げてありました。ためしに開いてみましたが、クイズはみんな答えが書きこまれていて、ひまつぶしの役には立ちそうにありません。

窓《まど》の外には、雪がちらつき始め、やがて日付《ひづけ》がかわりました。ときおりしのびこむすきま風が、カタカタと引き戸をゆらします。

「――ふわ――……ぁあ」

イナバさんの口から、大きなあくびがもれました。

シュンシュンと湯気を立てるヤカンを乗せたストーブが、コインランドリーの小さな部屋を暖《あたた》めていました。ゴウン、ゴウンと機械《きかい》の音がひびき、リズミカルな駆動音《くどうおん》のあいまに、ザバア、ザバアという水音がはさまります。

テーブルにつっぷし、(少しだけ……)そう思って目を閉《と》じると、背中《せなか》の方からじんわりと、心地よい眠気《ねむけ》が広がってきます。

――すぅ、すぅ、すぅ……。

やがてイナバさんは、おだやかな寝息《ねいき》をたてはじめたのでした。

2

ピー、ピー、ピー。

ピー、ピー、ピー。


どこかで、アラームが鳴っていました。

とろとろとした夢《ゆめ》とうつつのはざまで、イナバさんはぼんやりとその音を聞いていました。

(洗濯《せんたく》が、終わったんだ)

イナバさんの目の前に、なぜだかもう、洗《あら》いたての毛布《もうふ》が、きちんとたたんで置《お》かれていました。

(あれっ、いつのまに)

色あせたそのなんともいえない色合い(元はあざやかなひまわり色だったのですが)はまさにイナバさん愛用《あいよう》の毛布《もうふ》の色でしたが、イナバさんの記憶《きおく》の倍くらいはふかふかになっていました。

「す、すごいぞ」

イナバさんは興奮《こうふん》して、毛布《もうふ》に顔を近づけました。ああ、なんてすばらしいのでしょう。毛足の波立つさまは、まるで地の果《は》てまで続《つづ》く黄金色《こがねいろ》の小麦畑のよう。この毛布《もうふ》にくるまって眠《ねむ》れたら、どんなすてきな夢《ゆめ》を見られることか。イナバさんは思わず、毛布《もうふ》に顔をおしつけました。

(――ん?)

雲のようなふわふわ感を期待していたのに、イナバさんのほほに返ってきたのは、まるで溶《と》けかけのわたあめに顔をつっこんでしまったような、

ピットリとした感触《かんしょく》でした。それにくわえて……、

（――くさい）

それは、石鹸《せっけん》や、洗剤《せんざい》のにおいではありませんでした。これはまるで、雨にうたれたりしたあと、生《なま》かわきになった毛皮みたいな――。

イナバさんはたまらず、毛布《もうふ》から顔を上げようとしました。けれど、毛《もう》布《ふ》が顔から離《はな》れません。逆《ぎゃく》にぐいぐいと顔がうまっていき、イナバさんはあわてました。（た、たすけて！）。イナバさんは声を出すこともできずに、必死《ひっし》にもがきました。

「う、うーん、くさい……くさいよう……そんな……千二百円もしたのに……ひどい、ひどいよう……ウーン、ウーン」

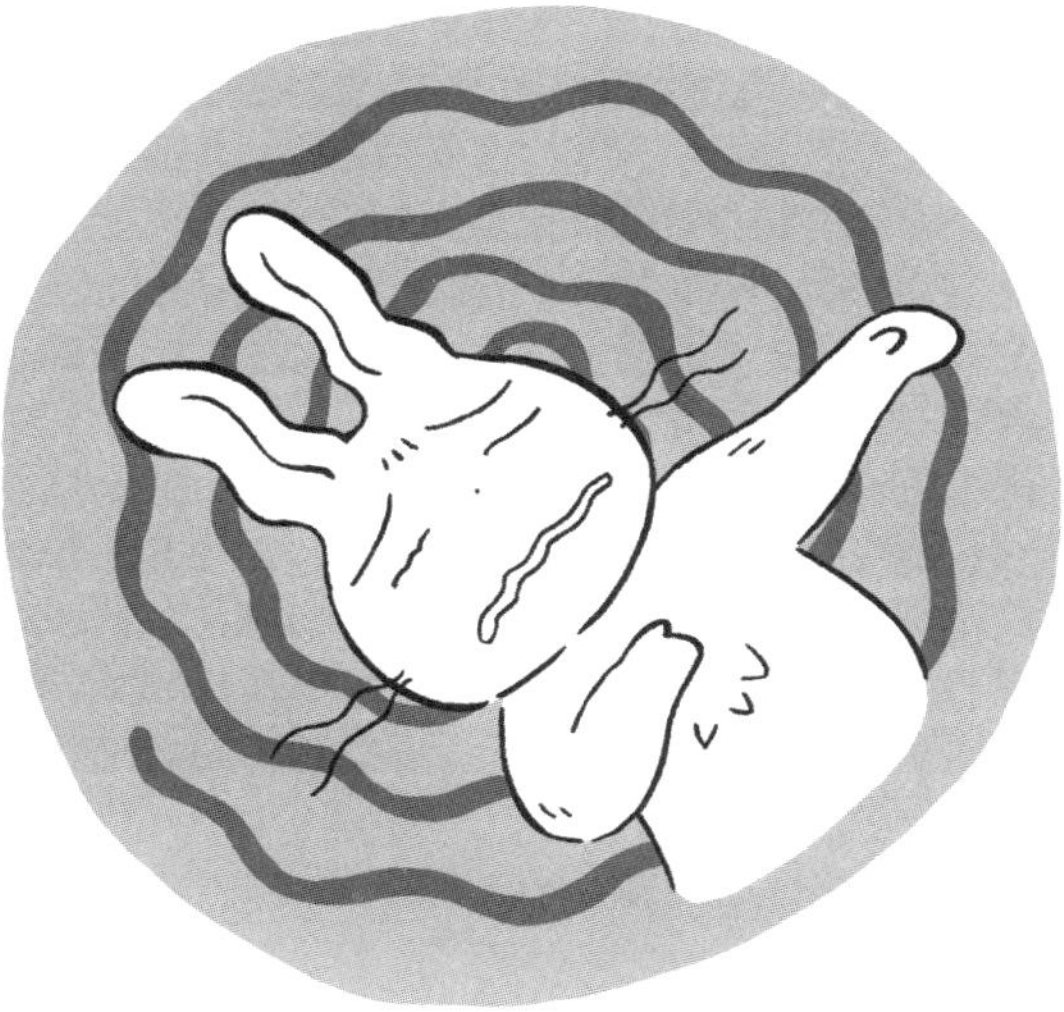

ピー、ピー、ピー。
ピー、ピー、ピー。

鳴り続《つづ》けるアラーム音に、イナバさんはうっすらと目を開けました。
つっぷしていたテーブルから、ぎこちなく顔を上げます。体がこわばり、じっとりと、嫌《いや》な汗《あせ》をかいていました。

「は――……」

イナバさんの口から、どんよりと長いため息がもれました。居眠《いねむ》りをして、うなされていたようです。ひどい夢《ゆめ》でした。

今の悪夢《あくむ》の原因《げんいん》には、心当たりがありました。イナバさんは、枕《まくら》にしていた自分の腕《うで》に鼻をよせ、スンスンとにおいをかいでみました。こまったことに、夢《ゆめ》の中の毛布《もうふ》と同じにおいがしました。

イナバさんも、あの毛布《もうふ》ほどではないにしても、ミルクコーヒーや、シャワーでずいぶんぬれました。タオルでゴシゴシふいてからコートをはおって出て来たのですが、毛皮はちゃんとかわききらないまま、よくないにおいをさせ始めていました。

（お風呂《ふろ》に、はいりたい）

イナバさんは、やるせない気持ちで天井《てんじょう》をあおぎました。そして、ぼんやりと泳がせた目の端《はし》に、銭湯《せんとう》の営業案内《えいぎょうあんない》を見つけました。

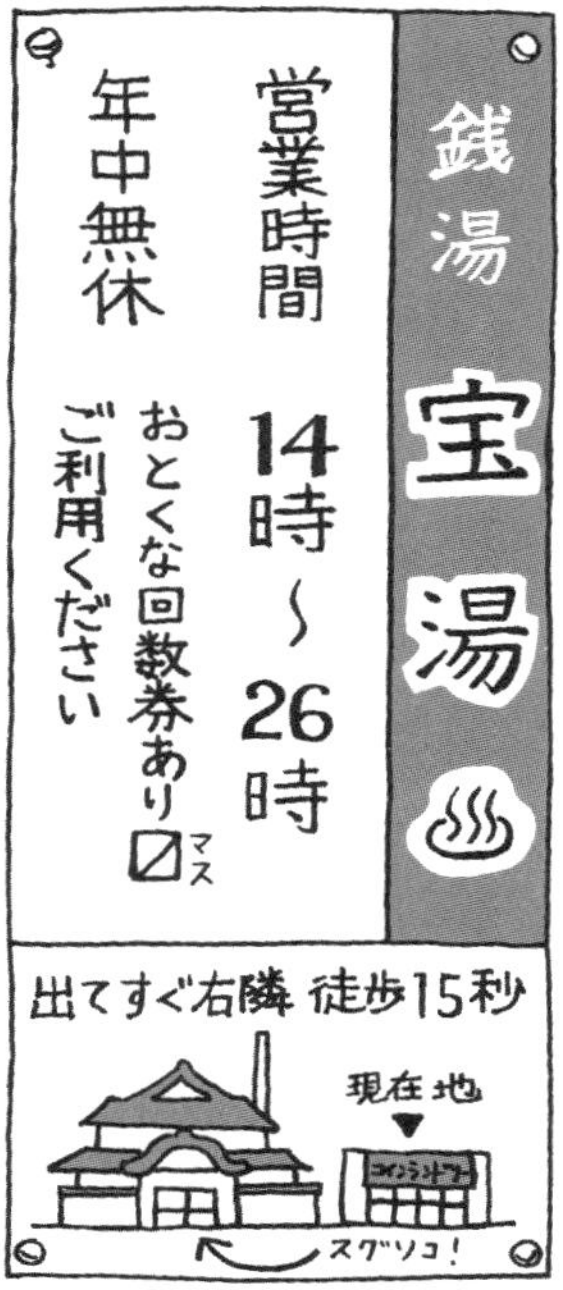

26時というのは、深夜の二時のことです。イナバさんは、ずいぶん遅《おそ》く

までやっているんだなあと思い……、はたと気づきました。

(あれっ、もしかして、まだやってる?)

あわてて壁《かべ》にかかった時計を見ると、針《はり》は一時前をさしています。にわかに、イナバさんの気持ちは明るくなってきました。

(帰りは遅《おそ》くなるけど、お風呂《ふろ》に入って帰ろう。すっきりするぞ)

建屋《たてや》の中の洗濯機《せんたくき》は、すべて動きを止めていました。さっき夢《ゆめ》うつつで聞いたアラーム音は、洗濯《せんたく》が終わった合図だったようです。

「よし!」

イナバさんは、準備万端《じゅんびばんたん》、あらかじめ用意してきたきれいなポリ袋《ぶくろ》をばさりと広げ洗濯機《せんたくき》に歩みよりました。

「さーて、仕上がりは……」

左端《ひだりはし》の洗濯機《せんたくき》の扉《とびら》に手をかけた瞬間《しゅんかん》、夢《ゆめ》で見たひどい毛布《もうふ》が思いうかびましたが、あわてて頭からふりはらいます。イナバさんは、えいやっ、と

ロックの外れた洗濯機《せんたくき》を開きました。

「……あれっ」

つるりとした銀色のドラムが、背中越《せなかご》しの光を反射《はんしゃ》していました。中には何も、入っていません。

……バタン、と扉《とびら》を閉《し》めて、イナバさんは首をかしげました。

（うん？　この洗濯機《せんたくき》じゃなかったんだっけ？）

イナバさんはまごつきながら、隣《となり》の洗濯機《せんたくき》の扉《とびら》を開いてのぞきこみました。ありません、空っぽです。バタン。その隣《となり》も見てみます。バタン。そのまた隣《となり》も、その、またまた隣《となり》も。バタン、バタン。な、ない。そんなばかな。

「……あれえ？」

――だれかが、持っていってしまった？

その思いつきに、イナバさんの毛がざわわ、と逆立《さかだ》ちましたが、すぐに思いなおしました。だって、おかしいじゃありませんか。イナバさんはずっとこの部屋にいました。いくら居眠《いねむ》りをしていたといっても、だれか入ってくれば気づきそうなものです。ドロボウだって、今にも目をさますかもしれないうさぎがいる横から、わざわざ古毛布《ふるもうふ》をとっていったりするでしょうか？

「もう一回、最初《さいしょ》からだ」

イナバさんは気持ちをふるい立たせて、端《はし》から順《じゅん》に洗濯機《せんたくき》の扉《とびら》を開いて中を確《たし》かめました。縦型《たてがた》の洗濯機《せんたくき》の中や、シューズ洗《あら》い専用《せんよう》の洗濯機《せんたくき》の中、テーブルの下や、置《お》いてあるカゴの中まで全部見て回りました。それでも、イナバさんの毛布《もうふ》は見つかりません。

ならんだ洗濯機《せんたくき》はつややかに白く、すました顔で光を照《て》り返すばかり。イナバさんは途方《とほう》に暮《く》れました。お風呂《ふろ》に入ってさっぱりしよう、などと考えている場合ではなくなってしまいました。

（……あれっ）

ふと違和感《いわかん》を覚《おぼ》えて、イナバさんはもう一度部屋の中を見回しました。

右から順番《じゅんばん》に、いち、に、さん、し……ご。五台。イナバさんが毛《もう》布《ふ》をセットしたのは、左端《ひだりはし》に一台だけあった、青い洗濯機《せんたくき》のはずでした。いまならんでいる洗濯機《せんたくき》は、みんな白い色をしています。あの、

自信満々《じしんまんまん》に〝寝具丸洗《しんぐまるあら》い〟をうたっていた洗濯機《せんたくき》はどこでしょう?

「な、ない。消えた?　洗濯機《せんたくき》が?　うっそだあ」

意味がわかりません。何のために?　どうやって??

洗濯機《せんたくき》の入れ替《か》えなんて、こっそり毛布《もうふ》を持っていくのとは比《くら》べ物にならない大変《たいへん》さです。だれにも気づかれずに起きていいイリュージョンではないはずなのです。

「ぼくの気のせい……、夢《ゆめ》でも、見てたのかな」

そうつぶやいてみましたが、とうてい納得《なっとく》できませんでした。夢《ゆめ》だとしたって、どこからが夢《ゆめ》だというのでしょう。なぞの青い洗濯機《せんたくき》があったこと?　イナバさんが毛布《もうふ》を持ってきたこと?

イナバさんはあきらめ悪く、もう一度、左端《ひだりはし》の洗濯機《せんたくき》を開きました。やはり、何も入っていません。銀色の洗濯《せんたく》ドラムが、つややかにかがやいています。イナバさんはため息をついて、洗濯機《せんたくき》の扉《とびら》を閉《し》めました。

バタン。

――チリン。

イナバさんの耳が、ピンと立ちました。今何か、聞こえなかったでしょうか。何か、小さくて固《かた》いものの落ちる音が、扉《とびら》の向こうで。

顔を近づけると、丸窓《まるまど》のむこうで、何かがキラリと反射《はんしゃ》するのが見えました。扉《とびら》を開いてみると、ドラムの奥《おく》の暗がりで、何か小さなものが光っています。

（何だろう）

手をのばしてつまみあげてみると、それは、丸くて平らな、金色のコインでした。天井《てんじょう》の方にかざすと、蛍光灯《けいこうとう》の明かりを反射《はんしゃ》して、ピカリ、ピカリと光ります。

「お金……じゃ、ないのかな」

それは、いつも使っているような見なれた硬貨《こうか》ではなく、けれど、どこか外国のコインというわけでもなさそうでした。なぜなら、このコインは裏《うら》も表もつるりとした無地《むじ》で、それらしい数字も文字も、ふち飾《かざ》りの模様《もよう》なども、何もついていませんでしたから。

イナバさんは、洗濯機《せんたくき》の前で首をかしげました。これ、どこから出てきたんでしょう。さっきまで、何度点検《てんけん》しても、洗濯機《せんたくき》の中にはコインどころか、ピンの一本、糸くずひとつにいたるまで、何も見当たらなかったはずなのに。

イナバさんが眉間《みけん》にしわをよせてコインと洗《せん》

濯機《たくき》を見くらべていると、

チン、チリーン。

チリ━━ン。


と立て続《つづ》けに音がして、暗がりからまたコインが転がり出てきました。

「えっ、ちょっと」

イナバさんが目を丸くするあいだに、チリン、チリーン、とさらに二枚《まい》。コロコロコロコロ……と手前に転がってきた一枚《まい》を、イナバさんは思わずペチンと手のひらでつかまえました。さっきのと同じコインに見えます。

「なんだ、これ」

イナバさんは、腰《こし》をかがめて、洗濯《せんたく》ドラムをのぞきこみました。コインは、この奥《おく》の暗がりから、飛《と》び出てきたように見えましたから。

……ごくり。

イナバさんは、おもわずつばをのみこみました。洗濯機《せんたくき》の奥行《おくゆ》きって、こんなに深いものでしょうか。背中越《せなかご》しの光では影《かげ》になってしまうせいなのか、ドラムの奥《おく》まで見渡《みわた》すことができません。角度を変《か》えてのぞきこんでも、ドラムの先にあるはずの突《つ》き当たりの壁《かべ》には、闇《やみ》がわだかまったようにどうしても光が届《とど》かないのです。

イナバさんは、ドラムのなかにちらばっているコインを集めて、コートのポケットに突《つ》っこみました。そして、心臓《しんぞう》がドキドキと打つのを感じながら、洗濯機《せんたくき》のドラムに腕《うで》を入れてみました。あごをそらしながら、ひじ、そして肩《かた》までいれて、せいいっぱい指先をのばしてみますが、何もふれません。

（……むむむ）

イナバさんは、思い切って、頭から、上半身ごと洗濯《せんたく》ドラムにもぐりこんでみました。

コツン！「イテッ！」

——チリン。

イナバさんのおでこに、勢《いきお》いよく固《かた》いものが当たりました。ひたいをさすってひろってみれば、それはやはり、金のコインでした。

（やっぱり、この奥《おく》だ）

イナバさんが思った、そのときでした。

か細い「声」が聞こえたのです。

『——だれかー……』

かすかにドラムの中にひびいた声に、イナバさんはぱちぱちとまばたきをしました。

『だーれかー。助──けてえ──』

ぼわぼわと反響《はんきょう》してはっきりしませんが、か細く頼《たよ》りない声が、助けを求《もと》めていました。イナバさんはごくりとつばをのみ、、耳とお腹《なか》にぐっと力を入れると、外に残《のこ》していた足先もドラムの中に引きこみました。

イナバさんは、よつんばいになって先に進みました。洗濯《せんたく》ドラムは、イナバさんの全身を飲みこんでもまだ、行き止まりにはなりませんでした。点々と落ちているコインが、ほのかに光を放ち、銀色のトンネルの行く手を照《て》らしています。イナバさんは、一枚《まい》、また一枚《まい》とコインをひろってポケットにしまいながら、進んでいきました。

『──も、もうだめだあ』

弱気な声が、かすかながらもはっきりと聞こえて、イナバさんは、あわてて前進スピードを上げました。そして、そのせいで、トンネルの先が下り坂になっているのに気がつかなかったのです。

ズルッ！

「――うわっ!?」

よつんばいの手の下に、落ちていたコインが入りこみ、イナバさんは前のめりにすべりました。

「わっ、わわっ！」

すべり台のような急な坂道でした。イナバさんは頭からすべり落ちていくところをなんとか向きを変え《か》、止まろうとしましたが、勢《いきお》いづいた体の下にコインが入りこみ、手足のふんばりがききません。

わしゃわしゃともがく手足がむなしく空転します。

「ワ――ッ!?」

コントロールのきかなくなったイナバさんは、そのままトンネルをすべり落ちていってしまったのです。

3

ひゅ――……。

ぎゅっと閉《と》じたくなるまぶたを、イナバさんは必死《ひっし》でこじ開けました。薄暗《うすぐら》いトンネルの先、白くて丸い光が近づいてきたと思ったら、それはみるみるうちに大きくなり、イナバさんは足からその光に飛《と》びこんだのです。

一瞬《いっしゅん》、こんにゃくのような弾力《だんりょく》のある壁《かべ》にはね返されそうになったと思いましたが、勢《いきお》いづいたうさぎはそのままぐぐーっと壁《かべ》につきささり――

(!?)

直後にズボッ！　と足が壁《かべ》のむこうにつきぬけた感触《かんしょく》がありました。

そして、ギュギュ、ギュポン！　とそのまま外に放り出されたのです。

その先には、もうトンネルはありませんでした。とつぜん開けた広い空間。白い光に目がくらみ、思わずまぶたを閉《と》じます。吸《す》いこまれるような自由落下の数瞬《すうしゅん》――そのあとで、着地の衝撃《しょうげき》はやってきました。

……ズシャッ!!

積《つ》み上げた玉砂利《たまじゃり》の山はだにでも落ちたような感触《かんしょく》でした。弾力《だんりょく》のある壁《かべ》のおかげで、多少勢《いきお》いはゆるんでいましたが、なかなかのショックでした。けれど、イナバさんには手足の痛《いた》みをゆっくり確《たし》かめる間《ま》はありませんでした。鼓膜《こまく》がやぶれんばかりの騒音《そうおん》が、イナバさんをおそったのです。

ビー!!　ビー!!　ビー!!
ビー!!　ビー!!　ビー!!

チンチリーン！　チーン！
ジャラジャラジャラ……。

イナバさんは、長い耳を両手でギュッとふせました。

「なに、なに、なに！」

思わず叫《さけ》び声をあげたイナバさんのお尻《しり》の下で、地面がザラリとくずれました。びっくりして見開いた目に強烈《きょうれつ》な金色の光が飛《と》びこんできました。

「ひえっ」

まぶしさにくらくらしながらぎりぎりの薄目《うすめ》で、あたりの様子《ようす》を確《たし》かめます。イナバさんは、うずたかく積《つ》もった金色のコインでできた山にしり

もちをつきながら、ずるずるとその斜面《しゃめん》をすべり落ちつつありました。埋《う》まりかけていた足を引きぬくと、ザラ、ザラ、と金の光があふれます。ギラギラかがやく金貨《きんか》に埋《う》めつくされた光景《こうけい》は、まるでおとぎ話に出てくる盗賊《とうぞく》のかくれがのようです。

・・・・

見上げれば、そう高くはない――けれど手はとどきそうにない――白い天井《てんじょう》に、イナバさんの落ちてきた穴《あな》が見えました。真っ白な天井《てんじょう》は、中央に穴《あな》があいている以外《いがい》はつるりと丸くカーブして、電灯《でんとう》も見当たらないのに、ただまぶしいような明るさを放っていました。(陶器《とうき》の洗面《せんめん》台を、かぶせられているみたい)。

そのとき、さっとあたりに影《かげ》が差《さ》し、ザラララ、と激《はげ》しい音を立てて、コインがイナバさんの上にふってきました。あわてて両手で頭を守っていると、コインのにわか雨は去っていきましたが、ふりそそぐコインの音は、ザラザラ、バラバラと続《つづ》いていきます。

明るさになれた目で、イナバさんは見たのです。ひとかかえほどもありそうな太さの銀色のホースが、首長竜《くびながりゅう》のように頭をもたげ、大きくうねりながら、絶《た》えずその先端《せんたん》から金のしずくをドボドボとふりまいているのを。

（ものすごい、出ている……）

イナバさんの頭に、ちょっと恐《こわ》い想像《そうぞう》が浮《う》かびました。部屋の広さにはかぎりがあり、ホースから吹《ふ》き出す金《きん》貨《か》の雨は、止《や》む気配がありません。このまま金貨《きんか》が増《ふ》えつづけたら、遠からず、天井《てんじょう》までいっぱいになっちゃうのでは？

思わず青ざめたイナバさんのお尻《しり》の下で、ズズッ！　とコインの斜面《しゃめん》が動きました。

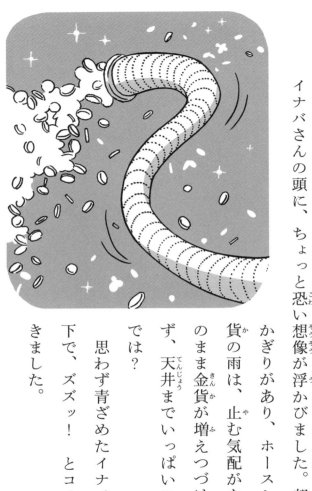

ザラララ……チリーン！

「わっ、わわっ」

コインの斜面《しゃめん》が勢《いきお》いよく流れ落ち、いっしょにイナバさんもすべり出しました。ずぶずぶと足がコインの中にしずみ、気をぬけばアリ地獄《じごく》のように全身が飲みこまれてしまいそうです。イナバさんは、生き埋《う》めにならないよう、上へ、上へと必死《ひっし》で足を引き抜《ぬ》き、動き続《つづ》けました。

（いったいなんで、こんなことに……あっ）

半べそをかきながら、イナバさんは思い出しました。

（そうだ、だれかが呼《よ》んでたんだ）

イナバさんは、コインの波をあぶなっかしく乗りこなしながら、とんでもない騒音《そうおん》の中で力いっぱい声をはり上げました。

「だれか！　だれか!!　いたら返事して！」

正直、声がとどくとは思えませんでした。鳴りひびく警告音《けいこくおん》と、コインの金属音《きんぞくおん》は、自分の声さえよく聞こえないほどでしたから。

「――ウーン、ウーン、重い……」

けれど、そのかすかなうめき声は、思いのほか近くから聞こえてきました。イナバさんは大急ぎで、声の聞こえたあたりにかけより、ぐるぐると両手を回転させて斜面《しゃめん》を掘《ほ》りくずしはじめました。

「えっさ、ほいさ」

ザラララ……。

じつのところ、イナバさんはうさぎですから、掘《ほ》るのはかなり得意《とくい》なのです。イナバさんは夢中《むちゅう》になって、コインをかきよせ、連動《れんどう》させた後ろ足でけり飛《と》ばします。と、イナバさんの後ろで宙《ちゅう》にはじき飛《と》ばされたコインが、ふっと風に散《ち》るように消えました。掘《ほ》るのに必死《ひっし》なイナバさんは、気づいていませんでしたが。

「うわっ！」

ザラリ、と山はだがくずれます。うつぶせでこぼれ落ちてきたのは、どうやら白い上着を着た、男の人でした。コインの山はだにそって流れ出てきた姿勢《しせい》のまま、ぐったりしています。

「だ、大丈夫《だいじょうぶ》かな」

イナバさんはおそるおそる、その人の肩《かた》に手をふれました。ゼイゼイとしたあらい息とともに、肩《かた》が上下しています。よかった。いきている。

その人は、よろよろと顔を上げました。つるりとしたひたいに、汗《あせ》が光っています。白い上着だと思ったのは、ぞろりと長く、お医者さんが着るような白衣《はくい》でした。小さな丸メガネのつるが、かろうじて片耳《かたみみ》にかかっています。

「ハア、ハア……。――うん？　きみ、だれだね？」

その人は、メガネを直しながら、イナバさんを見て首をかしげました。

「ぼく？　ぼくは――」

イナバさんが名を名乗ろうと、口を開いたときでした。

ビー!!　ビー!!　ビー!!

ビー!!　ビー!!　ビー!!

「うわっ!!」

ひときわ大きく鳴り始めた警告音《けいこくおん》に、ふたりは耳をふさぎました。

ビー!!　ビー!!　ビー!!

ビー!!　ビー!!　ビー!!

『警告《ケイコク》!　警告《ケイコク》!

重量《ジュウリョウ》オーバー。

マモナク、限界深度《ゲンカイシンド》ヲ超《コ》エマス。

警告《ケイコク》!　警告《ケイコク》!

重量《ジュウリョウ》オーバー。

タダチニ　軽量化《ケイリョウカ》ヲ　試《ココロ》ミテクダサイ。
警告《ケイコク》！　警告《ケイコク》！』

ビー!!　ビー!!　ビー!!

ビー!!　ビー!!　ビー!!


「こりゃ、たいへんだ」

白衣《はくい》の人は、コインに足を取られながら立ち上がり、そのまま素手《すで》で、自分が埋《う》まっていたあたりのコインの斜面《しゃめん》を切りくずし始めました。ザッザッザッ！

「そこの、親切なきみ」

「ぼく？」

「そのとおり」

イナバさんの方をふり返りもせずに、男の人は言《い》いました。

「急な話で悪いんだが、この中に埋《う》まっている、コイン鋳造装置《ちゅうぞうそうち》の、緊急《きんきゅう》停止《ていし》ボタンをおさなきゃならないんだ。掘《ほ》り出すのを、手伝《てつだ》ってほしい」

「緊急停止《きんきゅうていし》、ボタン？」

「そうだ。このとおりの事態《じたい》でね。ホースのジョイントが外れてしまって、どうにもならないんだ。暴走《ぼうそう》した装置《そうち》を止めないと、大変《たいへん》なことになる」

「どうなるの？」

「この船が、しずむ」

「しずむ……船？　――ふ・ね⁇」

イナバさんは思わずくりかえしました。

「海の藻屑《もくず》になりたくなければ、さあ、急いで‼」

〝海の藻屑《もくず》になりたくなければ〟。そんな、映画《えいが》の悪者が使うようなセリフを、実際《じっさい》に耳にすることがあるなんて。イナバさんがあっけに取られたときでした。

……ミシミシッ、ミシッ……　ガタン！

なんとも嫌《いや》な感じのきしみ音がしたと思うと、イナバさんはストンと床《ゆか》が落っこちて置《お》いて行かれたような、浮遊感《ふゆうかん》を感じました。下りていくエレベーターで感じるような、お尻《しり》がヒヤッとする感じ。にわかに、イナバさんはふるえあがりました。考えているひまはなさそうです。

(――ええい、やるしかない！)

イナバさんは、どんどん間隔《かんかく》が短く、さらにそうぞうしくなる警告音《けいこくおん》の中で、コインの山をもうれつにくずし始めました。金色の山をかきくずし、後方にけり出します。(ボタン、ボタン。緊急停止《きんきゅうていし》ボタン！)。うさぎの本能《ほんのう》が、イナバさんの穴掘《あなほ》りスピー

ドをぐんぐん上げていきます。体がかっかと熱《あつ》くなってきて、着ていたコートは脱《ぬ》いでわきに放り投げました。

「おお、すごいなあ、きみ」

感心したような声が聞こえました。なんだか楽しげな口調に、そんな場合じゃないんでしょ、と言《い》いたくなりましたが、うさぎ型《がた》ブルドーザーになりきっているイナバさんは、わき目をふりません。

「――で、出てきたぞ！　ここだ！」

金貨《きんか》の山から四角い柱の角のようなものがあらわれて、男の人が声をはりあげました。イナバさんが急いでかけよるあいだにもあばれホースから

コインがふりそそぎ、見えていた角がおおわれてしまいそうになります。

イナバさんは、柱の側面《そくめん》とおぼしきあたりを掘《ほ》りくずしにかかりました。

あばれ竜《りゅう》のように身をよじるホースの根元は、ここにあるようです。

ホースが身をくねらすたびに、柱のまわりのコインがうねりあがります。

「コイン鋳造装置《ちゅうぞうそうち》の、スピードに負けるな！」

（カンタンに、言《い》わないでよね！）

鳴り続《つづ》けるビービー音で、耳が、頭が、おかしくなりそうでした。イナバさんの全身から汗《あせ》が吹《ふ》き出し、腕《うで》が上がらなくなってきましたが、一進《いっしん》一退《いったい》をくりかえしながら、わずかずつ「四角いもの」は姿《すがた》をあらわしつつありました。それは金属板《きんぞくばん》で囲《かこ》われた黒っぽい色をした箱のような機械《きかい》で、ゴトゴトとひっきりなしにふるえながら、箱からつき出たホースをふり回し、ゴボゴボジャランとかがやくコインをふりまいています。

えいや！　イナバさんが力をこめて、両手でまとめて山はだをかき落とすと、ぞろりとコインがくずれ、ひといきに箱の全容《ぜんよう》があらわれました。そしてそのつるりとしたパネルの真ん中に、いかにも、といった黄色と黒のシマシマの枠《わく》に囲《かこ》われた赤ボタンがついていたのです。イナバさんは叫《さけ》びました。

「ボ、ボタン！　出たあ！　シマシマの!!」

「それだ！　おして！　すぐおして！　い・ま！」

イナバさんは即座《そくざ》に、力いっぱいのグーで、ボタンをおしこみました。

——**バチィン!!**

——ビュウウウウウン……。

次の瞬間《しゅんかん》、あたりは真《ま》っ暗闇《くらやみ》になったのです。

4

耳が、聞こえなくなってしまったのだと思いました。

さっきまで続《つづ》いていた頭がおかしくなるような警告音《けいこくおん》はぴたりと止まり、それどころか何の音もしません。静《しず》かなのにとてもうるさい矛盾《むじゅん》したナニカが頭の中に詰《つ》めこまれて、ワーンワーンと鳴りひびいているようです。

その上、あたりはまばたきをしてもわからないほど真っ暗。心だけが闇《やみ》に残《のこ》されて、耳も、目も失《うしな》ってしまったのではという恐怖《きょうふ》がのど元までせりあがってきます。たまらず、声を上げそうになったときでした。

「——ロビ、再起動《さいきどう》」

少し離《はな》れたところから落ち着いた声がして、耳が空気をとらえるのがわかりました。距離《きょり》、空間、たしかにここにいるぼく。イナバさんは思わず、

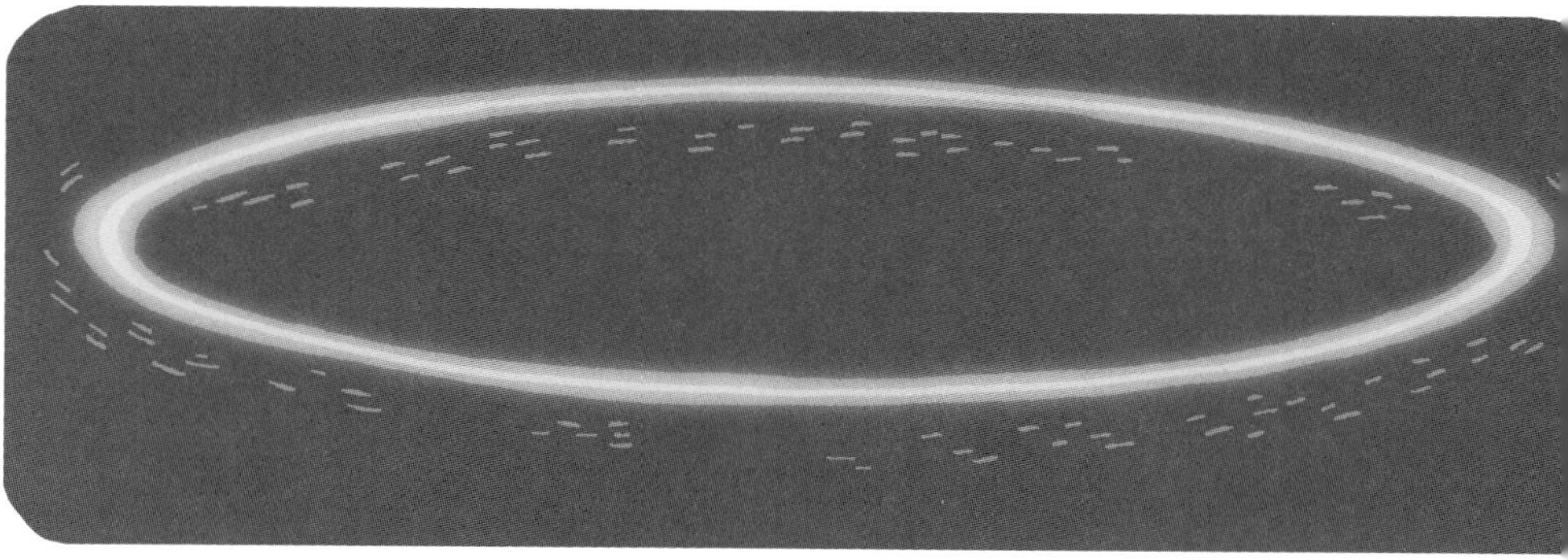

ほっと安堵《あんど》の息をもらしました。

さきほどの呼《よ》びかけにこたえるように、ポウ……、と頭上に緑《みどり》の明かりが灯《とも》りました。丸みを帯《お》びた天井《てんじょう》をぐるりとなぞったような、光のリングでした。あたりが、水槽《すいそう》の中のようなあわい緑色に染《そ》まります。

「ロビ、予備《よび》動力に切り替《か》え。状況《じょうきょう》を確認《かくにん》、報告《ほうこく》して」

『承知《しょうち》しましタ』

ほう、と呼吸《こきゅう》するように緑《みどり》のリングを明滅《めいめつ》させて、男とも女ともつかない声が答えました。

パチン。

……ヒュウウウウウン……。

パッ、パッ、パパパパッ……。

回転数の上がっていく、尻上《しりあ》がりの駆動音《くどうおん》とともに、あたりはすっかり明るくなりました。

『光源回復《こうげんかいふく》しましタ。生命維持装置《いじそうち》に異常《いじょう》ナシ。操作系統《そうさけいとう》のチェックにはいりまス。しばらク、お待ちくださイ』

イナバさんは床《ゆか》に座《すわ》りこんだ格好《かっこう》のまま、部屋の明るさにぱちぱちとまばたきをくり返しました。

「あれっ」

イナバさんは、驚《おどろ》きに目を丸くしました。ついさっきまで、あれほど絶望的《ぜつぼうてき》にあたりを埋《う》めつくしていたはずのコインの海が、きれいさっぱり消えてなくなっています。

コインが消えたぶん天井《てんじょう》は高くなり、そこにあるのは、丸い部屋の真ん中で、イナバさんのすぐ横に立っている、夜空色の大きな四角い金属《きんぞく》の箱だけ。引きちぎれんばかりにあばれまわっていた銀色のホースはしなびたようにうなだれて、ぶらさがっています。

近くに、さっきイナバさんが脱《ぬ》ぎすてたコートがくしゃりと丸まって落ちていました。しわだらけになった昔なじみの上着を引き寄《よ》せ抱《だ》きしめると、ちょっと落ち着いてきました。

あたりは真っ白な、つるりと殺風景《さっぷうけい》なフロアでした。ノックをするように床《ゆか》をたたくと、コンコンと固《かた》そうな音がします。きみょうなことに、夜空色の箱を中心にした半径《はんけい》五メートルほどで、真っ白な床《ゆか》は光に溶《と》けるように存在感《そんざいかん》

をなくし、目をこらしてもその先が見えません。やる気のない絵描《えか》きが描《か》きこむのをやめて、余白《よはく》のままにしてしまったような何もなさです。

「やれやれ。あらかた消滅《しょうめつ》してしまったか……」

そんな声がして、ペタペタとサンダルの足音を鳴らし、余白《よはく》の向こうから、ヨレヨレの白衣《はくい》を着た男の人があらわれました。つるりとした頭部をなで上げて、その人はため息をつきました。

「鋳造装置《ちゅうぞうそうち》は、調整しなおしだな。ようやくここまできたというのに」

「チュウゾウ、ソウチ？」

男の人が夜空色の箱をいたわるようにポンポンとたたくのを見て、イナバさんは立ち上がりました。男の人の横にそっとならんで立ち、〝鋳造装《ちゅうぞうそう》置《ち》〟だという箱を正面から見上げました。イナバさんは、その箱に、見覚《みおぼ》えがあったのです。それは、イナバさんの記憶《きおく》によれば、鋳造装置《ちゅうぞうそうち》とか、そんなものではなく……、

「これ、洗濯機《せんたくき》じゃない……」

つぶやく声に、白衣《はくい》の人はイナバさんのほうに顔を向け、目を丸くしました。

「おや？　きみは」

その人は、ぱちぱちとまばたきをくりかえして何か考えているようでしたが、やがてはたと手を打ちました。

「いやあ、きみか。きみだね。世話になったね、本当に、助かったよ！」

その人はそう言《い》って、イナバさんの両手をつかみ、うれしそうにブンブンと上下させました。

あまり、背《せ》の高い人ではありません。

イナバさんより、頭一つ半大きいくらいでしょうか（イナバさんはけっこう小柄《こがら》なので、いつももっと上から見下ろされるのが当たり前だったのです）。白い眉毛《まゆげ》の下の、好奇心《こうきしん》の強そうな灰色《はいいろ》の目が、イナバさんを見つめていました。つるりとした頭に、ふわふわとした白い髪《かみ》が、ひかえめな雲のようにかかっています。口のまわりに生えたモシャモシャひげも真っ白で、老人《ろうじん》と言《い》っていい年のころに見えますが、足腰《あしこし》はシャンとして、姿《し》勢《せい》はいいようです。

「ところで、あー。きみ……、きみは、なんだその……」

イナバさんの手を解放《かいほう》してから、白ひげの人はしばらく耳のあたりの髪《かみ》の毛をもみしだきながら、目を泳がせていました。けれど、やがて覚悟《かくご》を決めたように口を開きました。

「……きみ、だれかな？」

「イナバ、リョウイチです」

イナバさんが答えると、うん？　とその人はさらにこまったように首をかしげました。

「知り合いかね」

「……あなたの？」

「そうそう」

「いいえ」

「——そうか！」

ご老人《ろうじん》はうれしそうに、ぱっと顔をかがやかせました。

「いやあ、ぼくはひとの顔や名前を覚《おぼ》えるのが、苦手なものだから」

その人は照《て》れたのをごまかすように、こんどはイナバさんの肩《かた》をポンポンとたたいていましたが、はたと手を止めて、やっぱり不思議《ふしぎ》そうに首を

かしげました。

「じゃあ、イナバくん。きみは、なんでここに？　きみ、三次元《さんじげん》の地球うさぎだろう」

「ち、地球？　三次元《さんじげん》？　えーと」

当たり前のようにたずねられて、今度はイナバさんが困《こま》ってしまう番でした。なぜときかれても、何を説明《せつめい》すればいいのでしょう。感謝《かんしゃ》されているのは確《たし》かなようですし、ここにいることをとがめられているわけではないようですが……えーと、この、白ひげで白衣《はくい》の……ああ、やりづらい！　イナバさんは、やりづらさの原因《げんいん》に思い当たりました。そうだ、まずはこの人がだれなのかをたずねよう。

（ぼくは名前を言《い》ったんだから、こんどはぼくがたずねてもいいよね？）

イナバさんがそう考えたときでした。イナバさんが口を開けるより早く、ピピッ、という電子音が割《わ》りこんできたのです。

『――ポラン博士《はかせ》に、ご報告《ほうこく》しまス』

「ああ、ロビ。頼《たの》む」

ちょっと失礼《しつれい》、と言《い》うようにイナバさんに手を上げてみせてから、ポラン博士《はかせ》は上のほうを見上げて答えました。

『――現在《げんざい》、当艦《とうかん》は限界深度《げんかいしんど》マイナス15を潜航中《せんこうちゅう》。安全深度までの浮上《ふじょう》を推奨《すいしょう》しまス』

「うーん、浮上《ふじょう》か」

博士《はかせ》は、あごのひげをもみしだきながら考えこんでから、答えました。

「ロビ、船体深度は現状《げんじょう》を維持《いじ》。確保《かくほ》できたトラオミウムコインを報告《ほうこく》しておくれ。それから――エネルギー消費《しょうひ》を最小《さいしょう》に、研究室モードへの変形《へんけい》を」

『承知《しょうち》しましタ』

ロビ、と呼《よ》ぶ声との会話にひと区切りがついたらしく、博士《はかせ》はあらためてイナバさんに向き直りました。

「立ち話も何だし、イスとか用意したいんで……ちょっと、待っててくれる？」

と、申《もう》し訳《わけ》なさそうに首をすくめました。

「博士《はかせ》――ポラン博士《はかせ》？　ここって、船なんですか」

覚《おぼ》えたての名前で呼《よ》ぶと、博士《はかせ》はおどろいたようにまばたきをしました。

「ん？　ぼくの名前……ああ、ロビか」

博士《はかせ》はひとり納得《なっとく》してうなずきます。

「ここが、船かって？　きみ、そんなことも知らずに乗りこんだのかね」

イナバさんが決まり悪げにうなずくのを見て、博士《はかせ》はなんともゆかいそうに笑《わら》いました。

「ああ、ここは、船だよ。船だけど」

『――研究室モード。変形《へんけい》しまス。足元にご注意くださイ――』

そのとき、アナウンスが博士《はかせ》の言葉をさえぎり、ゴゴン、と白い床《ゆか》がふるえました。足元が、ポウ、ポウ……と大小さまざまな四角形を重なり合わせたモダンな模様《もよう》の迷路《めいろ》のように光りだし、みるみるうちに床《ゆか》からいくつもの四角い箱が
せり上がり
はじめました。

「わっ、わわっ」

「あ、
そこは、
踏《ふ》んでいると
危《あぶ》ない
とこだ」

イナバさんは、足元の模様《もよう》が持ち上がるのを感じて、あわててとびすさりました。植物の成長《せいちょう》の早回し映像《えいぞう》のように、床《ゆか》から柱や箱がぐんぐんとのび、殺風景《さっぷうけい》だった部屋が劇的《げきてき》に姿《すがた》を変《か》えていきます。それぞれの箱は、育ちきると色を変《か》え、ディテールを加《くわ》えて、無数《むすう》のスイッチや配線をつなげた複雑極《ふくざつきわ》まりない機械《きかい》になったり、本棚《ほんだな》や、戸棚《とだな》になったりしました。

変化《へんか》があったのは、床《ゆか》だけではありませんでした。ぼんやりとして果《は》てのなかった部屋が、一個《こ》の空間として、余白《よはく》を捨《す》てつつありました。

広さも曖昧《あいまい》だった空間の端《はし》で、巻《ま》きあがるように壁《かべ》が立ち上がってくるのが見えました。その壁《かべ》はそのまま上に向かい、カーブを描《えが》きながら四方から同じようにのびてきた壁《かべ》と融合《ゆうごう》すると、鏡《かがみ》モチを内側《うちがわ》から見たような、丸みをおびた天井《てんじょう》を形作りました。

「ここはね。船は船でも――」

ぱちん、と博士《はかせ》が手を打つと、つるりとした天井《てんじょう》の白色が、ゆらりと湯

気を吹《ふ》きさらうように薄《うす》れて透明《とうめい》になりました。そして、そのむこうには、きみょうな星空が広がっているのが見えたのです。

「ここ、宇宙船《うちゅうせん》なんだ。そして、私《わたし》の研究室でもある」

全天ドームの窓《まど》の外を、ゆらりとホタルのような光が横切っていきました。チラチラときらめきながら、長く尾《お》をゆらめかせ、生き物のように天《てん》窓《まど》を横切ったのは……流れ星なのでしょうか？

イナバさんが、ぽかんと口をあけて天井《てんじょう》を見上げる横で、丈夫《じょうぶ》そうなスツールが床《ゆか》から生えてきて、ゴトゴト、ゴトリと配置《はいち》を整えました。

「とりあえず、一服《いっぷく》しようじゃないか。ぼくはもう、へとへとでね。きみもでしょ」

そしてポラン博士《はかせ》は、にっこり笑《わら》って言《い》いました。

「夢《ゆめ》の船、宇宙船《うちゅうせん》トラウム号にようこそ。イナバ……リョウイチくん？」

5

その「宇宙船《うちゅうせん》」は、広さにしたら、学校の教室くらいはありそうでした。おそらく形は、丸くて平たいおモチのような円盤型《えんばんがた》。外から見ることが出来たなら、それらしい形だと納得《なっとく》できたのかもしれないのですが。

「ウチュウセン……」

イナバさんは、床《ゆか》から生えてきたイスに腰《こし》かけて、何度目かの同じ言葉をつぶやきました。

最初《さいしょ》こそ、にょきにょきと育つ研究室に度肝《どぎも》をぬかれたイナバさんでしたが、いったん落ち着いてあたりを見回していたら、だんだんと疑《うたが》わしく思えてきたのです。

　かがやくようにつるりと白かった床《ゆか》は、今、足のふみ場もなくコードがはいまわっていました。壁《かべ》には配管《はいかん》がからみあい、見たこともない機械《きかい》は、血管《けっかん》でつながる臓器《ぞうき》のように無数《むすう》の線をごちゃごちゃと引きあっています。

　大小さまざまな機材《きざい》と機《き》材《ざい》の間には、机《つくえ》に、イスに、戸棚《とだな》。のこった床《ゆか》のスペースには、整理のすんでいない何かが木箱や紙箱におよそ雑多《ざった》におしこまれています。あたりは町工場のよう

す。

な機械油《きかいあぶら》のにおいと、洗剤《せんざい》のような香《かお》りとがまじりあってただよっていま

イナバさんは、しなびたホースをぶらさげて、生活感すらただよわせは

じめた夜空色の箱をふり返って、ため息をつきました。正直なところ、

ちょっとガッカリしていたのです。〝宇宙船《うちゅうせん》〟ときいたときの、わきあが

るときめき……宇宙船《うちゅうせん》……、宇宙船《うちゅうせん》て、もっと未来的《みらいてき》で、ピカピカして

いて、疑《うたが》いようもなくハイテクな感じであるべきではないでしょうか。何

よりもっと、ちゃんとかたづいているべきなのでは!?

(本当は、どこかの倉庫《そうこ》なのかも)

積《つ》みあがったダンボール箱に『うどん(乾麺《かんめん》)』とか『いもけんぴ(塩《しお》

味《あじ》)』とか書いてあるのを見て、あからさまに不信感《ふしんかん》をつのらせるイナバさ

んに、ポラン博士《はかせ》はあわてて言《い》い訳《わけ》をしました。

「食料《しょくりょう》は、現地調達《げんちちょうたつ》だからね。そこらへんは、タダでもらってきた箱で」

洗濯乾燥機
寝具丸洗いできます

「……うたがってるわけじゃ、ないですけど」

「いや、本来はね、この船もっと広いんだ。ただ、今はね、船の維持《いじ》にかかるエネルギーを節約《せつやく》するためにね。ちょっとせまくしてあるんだ。快適《かいてき》さをギセイにせざるをえないのは申《もう》し訳《わけ》ないんだが」

『――ダカラ、言《い》ッタのでス。ふだんからもっト、整理整頓《せいとん》をシテおくべキだっテ』

ぎこちなさのある声が、博士《はかせ》をたしなめるのが聞こえました。

『次元収納《しゅうのう》ニ際限《さいげん》なくモノをしまえるカラといっテ、考えなしになんでも放りこみすぎなのでス、博士《はかせ》は』

カチャ、カチャ、ガチャ、と固《かた》い床《ゆか》と金属《きんぞく》がふれ合う音にふり返ると、機材《きざい》の間をぬってイナバさんに近づいてくる小型《こがた》の機械《きかい》がありました。形は厚《あつ》みのある円盤状《えんばんじょう》で、六本の足でバランスを取りながら、なかなか器用《きよう》な足取りで配線や障害物《しょうがいぶつ》をさけて進んできます。ちょうどお盆《ぼん》くらいの直《ちょっ》径《けい》の平らな天面には、湯気を立てるホーローびきのカップがふたつ、のせてありました。

『どうゾ、イナバさン』

フワン、と緑《みどり》のリングを発光させて、ロボットから聞こえた声に、イナバさんは聞き覚《おぼ》えがある気がしました。

博士《はかせ》は、ロボットのほうにかがみこんでカップを取ると、ひとつをイナバさんにわたしました。そして自分のカップに口をつけてから、呼吸《こきゅう》するように光を増減《ぞうげん》させる丸型《まるがた》の多脚《たきゃく》ロボットを指さして言《い》いました。

「ロビだよ」

『ロビでス』

緑色のリングがフオン、とやわらかく光って、ロボットが答えます。イナバさんは目を丸くしました。ロビといえば、先ほどまで博士《はかせ》とやりとりしていた「上からふってくる声」の呼《よ》び名ではありませんか。

「ロビの本体は、トラウム号のオペレーションＡＩなんだけどね。こっちのは雑用《ざつよう》のための独立《どくりつ》ユニットなんだ」

『私《わたし》は、ポラン博士《はかせ》の助手でス』

ロボットのリングは、抗議《こうぎ》するように明滅《めいめつ》します。

「そ、そうなんだ」

『ドウゾ、お飲みくださイ。あたたまりマスよ』

わたされたカップにすぐ口をつける気にはなれず、イナバさんはそっと、においをかいでみました。ふわりとあたたかな湯気がイナバさんの顔を包《つつ》みます。白茶の液体《えきたい》からは、やわらかいコーヒーのにおいがしました。

「あの、ここ宇宙船《うちゅうせん》ってことですけど」

「うん」

「……あなたがたは？」

「きみたちの認識《にんしき》に合わせるなら、『宇宙人《うちゅうじん》』だよ。母星は、フェルン星系《せいけい》のイーゲントだ。ちなみにね、ぼくらは、君たちの生命体系《せいめいたいけい》にきわめて近い進化をたどっている。帰化すら可能《かのう》なレベルだ」

『私《わたし》は、宇宙船《うちゅうせん》でス。そしテ、博士《はかせ》の助手でス』

「宇宙人《うちゅうじん》と、宇宙船《うちゅうせん》かあ……」

イナバさんはぼやいたついでにカップの飲み物をこくりと飲みくだし、あっ、と思いました。いちおう、警戒《けいかい》しようと思っていたのですが……まあ、いいか。うさぎの嗅覚《きゅうかく》によれば変《へん》なものは入ってなさそうでしたし、

悪意のある人たちではなさそうですし。実際《じっさい》、ごくふつうの、おいしいミルクコーヒーでした。飲むとおだやかな気持ちになってきました。

「あの、ぼく、明日も仕事があるし……帰って寝《ね》たくて。博士《はかせ》も、もう大《だい》丈夫《じょうぶ》ですよね？　ぼく、どうやって帰ったら、いいんでしょう」

イナバさんは、自分が落ちてきた上の方を見上げてから言《い》いました。穴《あな》が空いていたはずの天井《てんじょう》は、夜空を映《うつ》す継《つ》ぎ目のない天窓《てんまど》に変《か》わってしまっており、出てきた穴《あな》はもう、見当たらなかったのですが。

「きみ、落ち着いてるねえ」

『まったくでス』

博士《はかせ》とロビが、感心したように言《い》いあいます。

「落ち着いてるように、見えますかね……」

「見える、見える」

イナバさんだって、本当はちゃんと、不安《ふあん》になっていました。なにしろ、

『宇宙人《うちゅうじん》』を名乗る人に出会うのは初《はじ》めてでしたから。

ただ、自慢《じまん》できることでもないのですが、イナバさんにはなぜか、おかしな場所にまよいこむ〝くせ〟がありました。以前《いぜん》聞いた話によれば、イナバさんみたいにぼんやりした（タンスの角に足の指をぶつけたり、自動ドアにはさまれたりすることがよくあるような）ひとは、自分の境界線《きょうかいせん》があいまいで、ぼんやりついでに世界の境《さか》い目《め》を越《こ》えてしまうことがあるそうなのです。イナバさんは、今回のこともきっと、このやっかいな体質《たいしつ》のせいにちがいないと思っていたのでした。

「きみが冷静《れいせい》で良《よ》かったよ」

ポラン博士《はかせ》はニコニコ顔で言《い》いました。

「そんな、冷静《れいせい》なきみに、包《つつ》みかくさず言《い》うとね。この船には、……いまちょっと、問題が発生している」

「問題」

「この船は今、深刻《しんこく》なエネルギー不足《ぶそく》におちいっていてね。三次元世界に浮上《ふじょう》するには、リソースが足りないんだ」

「つまり……」

「ごめんね。きみを、帰してあげられない」

「――こ、こまります！」

イナバさんはすっとんきょうな声を上げたのでした。


「アンカーが、はずれてしまったんだ」

「アンカー？」

「命綱《いのちづな》と言《い》いかえてもいい。この船と、きみの町をつないでいたものだ」

「こまりますよ、そんなの。聞いてない」

やっとあせりはじめるイナバさんを見て、博士《はかせ》はうんうんとうなずいて
ひたいをつるりとなで上げました。

「だから今、説明《せつめい》しようとしてたんだけど――ロビ」

『ハイ、博士《はかせ》』

「確保《かくほ》できたコインを見せてくれ」

『承知《しょうち》しましタ』

ロビは緑《みどり》のリングを光らせて、パカリとホタテ貝が開くように天面のふたを開きました。

「あっ、それ！」

ふたの開いた中から、金色の光がこぼれ出ました。それはまぎれもなく、

博士《はかせ》が埋《う》まって助けを求《もと》め、イナバさんが必死《ひっし》で掘《ほ》りくずした、あの金色のコインでした。全部消えてなくなったのかと思っていましたが、残《のこ》っていたようです。大雑把《おおざっぱ》に言《い》って、どんぶりいっぱい分といったところでしょうか。

『確保《かくほ》できタのは、こちらですべてでス』

「うーむ、これだけ……」

(あ、そうだ)

博士《はかせ》が肩《かた》を落とすのを見て、イナバさんは自分のコートのポケットに手を入れました。チャラリとした手ごたえ。

「ちょっとまって」

うさぎの手で三つかみ分といったところでしょうか。全部で十五枚《まい》ほどのコインが

追加《ついか》されました。

「さしあげます」

「お、ありがたい」

博士《はかせ》はぱっとうれしそうに目を丸くしましたが、「……足りないけど」と小さな声でつけたしました。イナバさんは咳《せき》ばらいをして、先をうながします。

「それで、これって、何なんです？」

「これはね、夢《ゆめ》のエネルギーなんだ。文字通り」

博士《はかせ》はため息まじりに答えました。

「つまりだね、このコインが予想外に大量《たいりょう》発生した重みでこの船はしずみそうになり、テンションのかかったアンカーは外れてしまった。そして、そのコインがほとんど消えてしまったせいで、この船はエネルギー不足《ぶそく》におちいっている、というわけなんだ」

＊

「これは、コインの形をしているけど、お金ではない」

博士《はかせ》はつづけました。

「トラオミウムコイン、という。まあ、そう名づけたのはぼくなんだけど。金色に見えるけど、金ではない。でも、とても希少《きしょう》な金属《きんぞく》なんだ。あれだけの量《りょう》を見た後では、そうは思えないかもしれないけど」

と、肩《かた》をすくめて、博士《はかせ》は言《い》いました。

「この金属《きんぞく》は、特殊《とくしゅ》な方法《ほうほう》で取り出して、使いやすいようにコインの形に加工《かこう》することで安定するんだが、処理《しょり》が不十分《ふじゅうぶん》だと時空間に固定《こてい》されずに、拡散《かくさん》して消滅《しょうめつ》してしまう。幻想物質《げんそうぶっしつ》に特有《とくゆう》の性質《せいしつ》でね。あれだけあったコインが消えたのも、その性質《せいしつ》のせいというか、……おかげというか」

「へええ」

イナバさんは、博士《はかせ》が台の上に置《お》いたコインをあらためてつついてみました。つめの先がふれると、カチ、カチと固《かた》い音がします。

「こんなに、カタイのに」

「そうだろう、そうだろう。この固定方法《こていほうほう》を完成《かんせい》させるまで、どれだけ苦《く》労《ろう》を重ねたか」

「どんな風に使うものなんです？」

興味《きょうみ》が出てきて、イナバさんがたずねると、博士《はかせ》はうれしそうにウンウンとうなずいて答えました。

「まず、エネルギーとして、とても優秀《ゆうしゅう》だ。そしてこの金属《きんぞく》には時空間を遮断《しゃだん》する性質《せいしつ》があってね。宇宙船《うちゅうせん》のエンジンや、船の外《がい》装《そう》にこれを使ってコーティングすると、物《ぶっ》

理的《りてき》な距離《きょり》によらないジャンプ航法《こうほう》が可能《かのう》になる」

「ジャンプ、航法《こうほう》？」

「いわゆる、ワープだね。宇宙《うちゅう》ってすっごく広いだろ。大真面目《おおまじめ》に進んでいるといつまでたってもどこにもたどり着けないから、時空面をもぐって、ショートカットするんだ」

博士《はかせ》はみけんにしわをよせはじめたイナバさんを見て、笑《わら》いました。

「まあ、要《よう》はものすごく便利《べんり》で必要《ひつよう》とされる金属《きんぞく》なんだけど、とにかく採《と》れる量《りょう》が少なかった。そしてありし日——、かけ出しの科学者だったぼくは考えた……」

『一山、あてようト思ったんでスよね』

フオン、とリングを光らせて、ロビが口をはさみました。

「このトラウム号に機材《きざい》を積《つ》みこみ、ぼくはトラオミウム鉱床《こうしょう》を探《さが》すレアメタルハンターとして宇宙《うちゅう》を旅した。そしてとうとう……見つけたんだ」

「何を？」

ドキドキしながら、イナバさんは聞き返しました。

「きみの星だよ！　きみの星は、すばらしいトラオミウム産生地《さんせいち》だったんだ」

博士《はかせ》はそう言《い》って、イナバさんの背中《せなか》をばんとたたきました。そして、イナバさんのほうに顔を近づけると、ナイショ話をするように声をひそめました。

「きみは、夢《ゆめ》を見るかね」

「えっ、夢《ゆめ》。見ますよ、ふつうに」

「起きてから、その夢《ゆめ》を覚《おぼ》えている？」

「だいたい、わすれちゃいますね」

「そう、わすれてしまう。——それが、このコインの正体なんだ」

「……どういうこと？」

「この星の知性体《ちせいたい》が見る、『夢《ゆめ》』だよ。朝起きてすぐは、その成分《せいぶん》は、まだ体の内にとどまっている。だが、覚醒《かくせい》し活動を開始し、朝日をあびたりすると、急速に体の中から外にむかって霧散《むさん》して消えてしまうんだ……ああ、なんてもったいない！」

博士《はかせ》がくやしそうにこぶしをにぎります。

「だからね、ぼくたちは、地球人の毛布《もうふ》やシーツを集めて、コツコツ抽《ちゅう》出実験《しゅつじっけん》を続《つづ》けているんだ」

「——ん？　毛布《もうふ》？　いま、毛布《もうふ》って言《い》いました？」

「寝《ね》ているときに生成《せいせい》される物質《ぶっしつ》の残滓《ざんし》があるとすれば、タオルケットや

シーツ、枕《まくら》やブランケットなどの寝具《しんぐ》だろ」

わからないやつだなあ、というように博士《はかせ》は口をとがらせました。

「このコイン、そんなところから採《と》れるの？」

「採《と》れるんだ」

ポラン博士《はかせ》は、力強くうなずきました。

「洗濯《せんたく》をするだろ。そのときに出る溶液《ようえき》をこう、濃縮《のうしゅく》したり塩析《えんせき》したり……まあいろいろと処理《しょり》を加《くわ》えると、トラオミウム成分《せいぶん》が抽出《ちゅうしゅつ》できる」

『ソレをさらに加工《かこう》するト、このコインになりマス』

そう言《い》って、ロビが、コインをゆらしてみせました。チャラチャラ。

「ぼくはね、この星の寝具《しんぐ》を採集《さいしゅう》しつづけ、洗濯《せんたく》し、実験《じっけん》を重ね……」

と、博士《はかせ》は立ち上がって、イナバさんの後ろの機械《きかい》に近づいて力強くたたきました。

「この、『トラオミウムコイン鋳造装置《ちゅうぞうそうち》』でコインにする技術《ぎじゅつ》をあみ出したのだ」

イナバさんは、博士《はかせ》が誇《ほこ》らしげにたたいてみせた夜空色の箱をふり返りました。本当のところ、ずっと気になっていたのです。でも、ずっと、ききそびれていたのです。イナバさんは言《い》いました。

「……これ、洗濯機《せんたくき》でしょ?」

「もちろん、似《に》せて作ったんだよ。カモフラージュで」

博士《はかせ》はこともなげにそう言《い》って、にやりと笑《わら》い、

「見るかね?」

と扉《とびら》を開き、中から毛布《もうふ》を引っぱり出しました。

「えっ」

イナバさんが息をのんだのを見て、博士《はかせ》は安心させるように、うなずいて見せました。

「大丈夫《だいじょうぶ》、今は装置《そうち》が止まってるから、コインは出ない。危《あぶ》なくないよ」

目の前に広げられたのは、うすぼんやりした小麦色の毛布《もうふ》。

「これが、今回の騒動《そうどう》の原因《げんいん》なんだ。いやあ、ふつうなら、毛布《もうふ》十枚《まい》でようやくコイン二、三枚《まい》という収量《しゅうりょう》なのに。こいつは、すごい。モンスターだ。見ただろう？

起動したとたんに、あれよあれよと鋳造装置《ちゅうぞうそうち》がギアを上げ始めて……固定処理《こていしょり》が鋳造《ちゅうぞう》に追いつかず、ホースが圧力《あつりょく》にたえきれずに連結部分《れんけつぶぶん》が外れてしまったんだ。噴《ふ》き出したコインの重さで船がしずみかけるはめになったが――しかし、もったいなかったなあ」

「あ、あの、それ」

「本来、抽出後《ちゅうしゅつご》の寝具《しんぐ》は、文句《もんく》なしのふかふかにしあげてから、こっそり接続先《せつぞくさき》のランドリーにもどす手はずなんだが……これは、危険物《きけんぶつ》として厳重《げんじゅう》に封印《ふういん》するべきだ。いや、むしろ、すみずみまで分析《ぶんせき》しなおさなければ。何か、秘密《ひみつ》があるはずなんだ……まずは、サンプルを取って。そうだ、溶媒《ようばい》を変《か》えよう。まずは、端《はし》から三センチ、いや、もったいない。二セン

チ角にカットだ。まずは十枚《まい》ほど切り出して、各種分析器《かくしゅぶんせきき》にかけて——」

「ええっ！　切る!?」

思わず大きな声を上げたイナバさんに、博士《はかせ》はきょとんとした顔でコクリとうなずきました。

「うん、ハサミで」

「だ、だめです！　切らないで!!」

ちょきちょきと二本指を毛布《もうふ》の上で開閉《かいへい》して見せながら、博士《はかせ》はこまったように首をかしげました。

「なぜだい？　実験《じっけん》はやはり、数を試《ため》さないと」

「ち、ちがうんです」

「ちがうって、何が？」

「それ……それ。ぼくの毛布《もうふ》なんです。だから、切らないで」

「えっ？」

ぱさり、と博士《はかせ》の足元に、毛布《もうふ》が落ちました。

それは、たしかに、イナバさんがミルクコーヒーをたっぷりしみこませてから真夜中のコインランドリーに持ちこんだ、元・ひまわり色の毛布《もうふ》にちがいなかったのでした。

7

「――なるほどねえ」

イナバさんの話に、博士《はかせ》はうなずきました。

「現地《げんち》の寝具《しんぐ》採集用《さいしゅうよう》ランドリーに接続《せつぞく》していたアンカーラインのひとつから、きみの毛《もう》布《ふ》に加《くわ》えて、きみ自身までついてきてしまっ

たってわけか」

あごひげをもみもみ、博士《はかせ》は言《い》いました。

「それにしたって、イナバくん。洗濯機《せんたくき》の中に入るなんて危《あぶ》ないだろう。あの扉《とびら》、中から開かないんだぞ。トラウム号につながってる洗濯機《せんたくき》じゃなかったら、閉《と》じこめられていたところだ」

宇宙人《うちゅうじん》だというくせに、あまりに地球的《ちきゅうてき》な常識《じょうしき》を口にするので、イナバさんは変《へん》な気分になってきました。この人、やっぱり本当は見たとおり、ふつうのおじいさんなんじゃないかしら。

「それは、助けてって言《い》う声が、聞こえたから」

「う、うむ……そうか、そうだったな。それは本当にありがとう」

『良《よ》いじゃありませんカ、みんな無事《ぶじ》だったのでスから』

「まあ、そのとおりだね」

『じゃあ、コーヒーいれなおしましょウか』

「い、いや、ちょっとまってください！」

なごやかにコーヒーをつぎ足されそうになって、イナバさんはあわてて両手を上げました。ストップ！　しっかりアピールして目立たないと、どんどんかんじんのことがおし流されていってしまいそうだと思ったのです。

「ぼくが、家に、帰れない件《けん》について！　何も解決《かいけつ》していないのです!!」

「ああ、それについては」

博士《はかせ》が、ロビのそそいでくれたコーヒーに口をつけて言《い》いました。

「帰してあげられない、とは言《い》っ

たがね。すぐには無理《むり》、というだけなんだ。多少時間はかかるけど、イナバくん、きみはもと居《い》た町にちゃんと帰れるよ」

「時間がかかるって、どれくらい」

「どれくらいだろうなあ」

博士《はかせ》は腕組《うでぐ》みをして考えます。

「船の急な沈降《ちんこう》で、各地《かくち》とつないでいたアンカーは全部外れてしまったからね。いま船は漂流状態《ひょうりゅうじょうたい》で」

「えっ、漂流《ひょうりゅう》。新事実」

「まずは、どうにかそれを元のようにつなぎ直すだろう。並行《へいこう》して、外に野良毛布《のらもうふ》を見つけしだい捕獲《ほかく》して、鋳造機《ちゅうぞうき》にかけて、コインを採《と》る」

「――野良毛布《のらもうふ》？」

イナバさんは、聞いたことのない単語《たんご》に思わず聞き返しました。

「シーツとか、まくらとかもね。たまに流れてくるから」

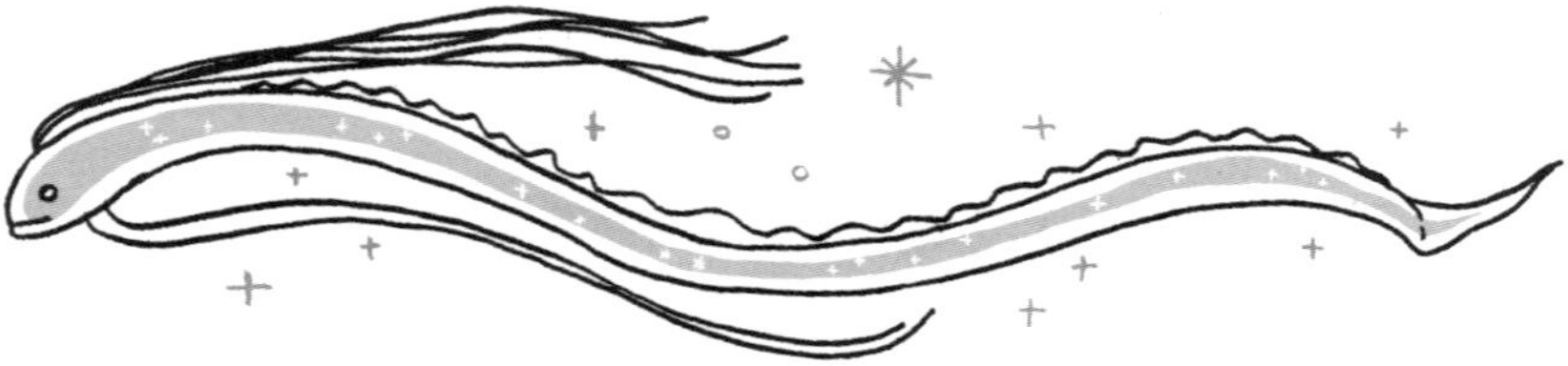

「ちょっと、待ってください。ここ宇宙船《うちゅうせん》……宇宙《うちゅう》ですよね？」

「言《い》っただろ。宇宙船《うちゅうせん》がショートカットのために、時空面にもぐるって」

「言《い》いましたっけ」

「言《い》ったんだ。トラウム号は、その『もぐってる』状態《じょうたい》が継続中《けいぞくちゅう》なの。時空面の下は、過去《かこ》や未来《みらい》、距離《きょり》も夢《ゆめ》も混沌《こんとん》とまじりあう幻想《げんそう》の海でね。『幻想《げんそう》深度』が深いところではエネルギーを消費《しょうひ》するし、外にもあんなふうな……」

　と、博士《はかせ》は天井《てんじょう》に映《うつ》る星空をゆうゆうと横切っていく長いモノを指さし
「……ムゲンノリュウグウノツカイとかが泳いでいたりする」

と説明《せつめい》しました。

「えっ、生き物？」

「幻想《げんそう》深海に固有《こゆう》の幻想《げんそう》生物だよ」

「流れ星にしては、みょうだとは思ってたけど……」

「ほかにも、星みたいなのがチラチラ光ってるだろう、あれは、きみたちの見てる夢《ゆめ》から出てるヒバナなんだ。あのチカチカの一瞬《いっしゅん》に、幻想《げんそう》深海への通路が開く。タイミングが重なれば、夢見《ゆめみ》ている人がベッドからけり出した毛布《もうふ》なんかがこちらにただよい出て、野良毛布《のらもうふ》になる。数は少ないけど、そういうのを地道に採集《さいしゅう》していって、三次元《さんじげん》空間に浮上《ふじょう》するのに必要《ひつよう》なだけエネルギーをためていけば――」

博士《はかせ》は天井《てんじょう》の方を見上げて指折《ゆびお》り数えていましたが、

「きみのところの自転換算《かんさん》で、まあ、半年……くらいかかるかな?」

「長いっ!」

イナバさんは、そくざに却下《きゃっか》しました。

「そう？　浮上《ふじょう》する日時は、好《す》きに指定できるよ？」

「……いろいろやってから帰っても、時間が経《た》っていないことにできるってこと？」

「そうそう。なにせぼくらは、きみたちのところよりはるかに科学技術力の進んだ宇宙人《うちゅうじん》だから。──エネルギーさえ十分なら、そのくらいはね」

調子良《よ》く請《う》け合っていますが、そんなこと本当にできるのでしょうか。

でも、イナバさんには、ほかに頼《たよ》るものがないのも確《たし》かでした。

「うむ……どうしよう……」

ああ、でも……やっぱり早く帰りたい!!

ポラン博士《はかせ》は、こまり顔でうで組みをし、うなっているうさぎを、あごひげをもみもみながめていましたが、ふと思いついたように顔を上げ、

「ちょっと、提案《ていあん》が、あるんだけど」

と、まじめな顔で言《い》いました。

「提案《ていあん》？」

「うん」

「なんです？」

イナバさんがちょっと慎重《しんちょう》になってこたえると、博士《はかせ》はウンウン、とうなずいて言《い》いました。

「イナバくんさ、きみ――、お風呂《ふろ》に入りたくないかね？」

＊

「えっ」

イナバさんは思わず聞き返しました。そして手首をもちあげ、スンスン、とにおいをかいで、おそるおそるたずねました。

「――ぼく、くさいですか」

「あっ、いや、気にするほどではないよ？」

『私《わたし》は、かまいませンよ。ロボットデスから感じませン』

イナバさんに絶望《ぜつぼう》のまなざしで見つめられて、博士《はかせ》はあわてて言《い》い直しました。

「ち、ちがうんだ！　たんに、休憩《きゅうけい》しようってことだよ。つかれただろ。ぼくだって、こんなありさまなんだ。さっぱりしたいと思っていたんだってば」

「お風呂《ふろ》に、入れるんですか？　こんなところで？」

「ぼくが引きこもるための研究室だもの。生活に必要《ひつよう》な設備《せつび》は最低限《さいていげん》そなえているよ」

『小さいデスが、キッチンもありマスよ。三次元から持ちこんだ食材《しょくざい》を調理できマス』

「おたがいさっぱりしたら、またいい考えも浮《う》かぶかもしれないし」

たしかにもう、イナバさんはへとへとでした。その上、自分の体から、ひどいにおいがしているのも、本当はずっとわかっていたのです。イナバさんはなんだかどっとつかれてしまい、しょんぼりとつぶやきました。

「……お風呂《ふろ》、入りたい」

「よしきた、一番風呂《ぶろ》はゆずるからね。元気出したまえよ」

『こちらでス。あっ、コートはあずかりまスよ』

ロビが、イナバさんを案内《あんない》しました。機材《きざい》と機材《ざい》の間をぬけてたどりついたのは、棚《たな》の奥《おく》にかくされた、バスルームの入り口でした。

後ろで何かの箱をひっかきまわしていた博士《はかせ》が、小さなかごに入ったシャンプーセットと、バスタオルを持ってやってきました。

「すっごい、このバスタオル。フッカフカ」

イナバさんが目を丸くすると、博士《はかせ》がとくいげに胸《むね》をはりました。

「長年の研究の副産物《ふくさんぶつ》さ。ポランノ印《じるし》の洗濯機《せんたくき》、評判《ひょうばん》いいんだよ」

『湯ぶねニお湯、張《は》ってありますかラね』

入り口は少し小さくて、イナバさんが入るのにちょうどいい高さでした。引き戸を開けると、湯気の気配がほほをくすぐりました。イナバさんに脱《ぬ》ぐ服はありませんから、脱衣《だつい》スペースは素通《すどお》りします。その先の、すりガラスの扉《とびら》を開けると、さっぱりと整った小さなお風呂場《ふろば》があらわれました。

イナバさんは、博士《はかせ》の用意してくれたシャンプーセットを洗《あら》い場の床《ゆか》に置《お》くと、洗面器《せんめんき》をひっくりかえしてその上にすわり、シャワーハンドルをひねりました。シャワワー――……。手で温度を確《たし》かめて、毛皮にシャワーのお湯をしみこませていきます。じんわりと皮膚《ひふ》までお湯がとどいて、イナバさんは思わずため息をつきました。

一度目。シャンプー液《えき》を毛皮にもみこんでいきますが、なかなかあわだちません。シャワーで流したあわが、心なしか薄茶《うすちゃ》に見えました。（よし、もう一回だ）。

二度目。ようやくふっかふかにあわ立った真っ白なあわが、イナバさんを包《つつ》みました。シャワワワーといつまでも途《と》ぎれないあわをたっぷりのお湯で流し終えて、すっかりほっそりとなったイナバさんは、湯ぶねに入りました。

「あ――……」
のどの奥《おく》からしぼりだしたような声がもれました。ああ、なんというゴクラク。

（……シャリン……）

どこからか、すんだ音が聞こえた気がしました。

イナバさんは、ほどよい熱《あつ》さのお湯にあごまでつかりました。つかれというつかれが、お湯にしみ出して行くような心地です。とけてしまいそう。

（……シャン……シリン……　リン……チリン）

イナバさんは、湯ぶねのへりに両腕《りょううで》をかけ、こてんと頭を乗せました。目を閉《と》じてしまうと、あらがいがたい眠《ねむ》気《け》がやってきました。

（シャララ……チリン、チンチリーン……）

まぶたの向こうが、何かチラチラと、光っているような気がしましたが、も

う目は開けられませんでした。……イナバさんはそのまま、湯ぶねにつかって、ねむりこけてしまったのです。

(チリン、シャリン、チリリン、チリリリリン……)

8

気がつくと、イナバさんは、なんだかさっぱりとした気持ちの良《よ》い寝台《しんだい》に横になっていました。

イナバさんは自分をくるんでいたのが、なじみの小麦色の毛布《もうふ》だったことに気づいて、不思議《ふしぎ》に思いました。この毛布《もうふ》は……そう、実験《じっけん》に使うって言《い》っていたんじゃなかったっけ。

起き上がってみると、そこは礼拝堂《れいはいどう》のように広い部屋でした。天井《てんじょう》が高く、あたりは眠《ねむ》るのにちょうどいいほの暗さで満《み》ちています。

ぼんやり光の差《さ》すほうに目をやると、ぽかりと通路が口を開けているのが見えました。イナバさんは床《ゆか》におり立ち、歩き出しました。

体は気持ちよく回《かい》復《ふく》し、とても軽く、軽すぎるくらいに軽く感じられました。さんざん水遊びをした夏の日の、お昼《ひる》寝《ね》から目ざめたときのように、ふわふわと地に足がつかない心地がしました。

通路を進んでいくと、道の先から、いくつもの何かが動く気配が伝《つた》わってきました。明かりは、そちらの方からもれてきます。イナバさんは、通路のつきあたりに開いていた入り口から、そっと中をのぞきこみました。

「——おや、起きたかね」

部屋の中央で、何か作業をしていたらしい博士《はかせ》が、イナバさんに気がついて顔を上げました。

「のんびりなお目ざめだねえ。よく眠《ねむ》れたかい」

「これは……」

イナバさんはぽかんと口を開けました。そこは、イナバさんが目をさました部屋よりも、さらに、広い部屋でした。そして部屋の真ん中にあるのは——宇宙《うちゅう》の果《は》てまで見通せそうな、巨大《きょだい》な望遠鏡《ぼうえんきょう》だったのです。

「ふふふ、どうだい。これがぼくの研究室の真の姿《すがた》だよ」

『イナバサン、——いいえ、イナバ助手、おはようございまス』

『おはようございまス』

『ごきげんいかがでスか』

『すいぶん、寝《ね》てましタね』

大きな丸チーズのような、円盤型《えんばんがた》の機械《きかい》が何台も床《ゆか》をすべり回り、次々にリングを光らせながら、イナバさんにあいさつをしました。

「おはよう。すごく……増《ふ》えたね、ロビ」

『イナバ助手、アナタのおかげで、エネルギー問題が解決《かいけつ》し、トラウム号は、幻想深海《げんそうしんかい》からの浮上《ふじょう》がかないましタ。おかげさマで、私《わたし》たちはめでたく、ユニット数を増《ふ》やすことができたのでス』

いつの間にか、ロビは、イナバさんを博士《はかせ》の助手として扱《あつか》うことに決めたようでした。ふんふん、とうなずいていたイナバさんでしたが、はたと首をかしげました。

「解決《かいけつ》？　解決《かいけつ》したの？　エネルギー問題が？」

「そうなんだ」

『すごいんでスよ』

『びっくりでしタよ』

口々にうったえるロビたちを博士《はかせ》が呼《よ》びよせ、イナバさんのほうに向けて、ホタテのように天板を開かせました。パカー。

「――うわっ」

イナバさんが思わず声をあげて目の前に手をかざしたのは、さすほどにギラギラとした金色の光がまぶしかったからでした。コイン、これは、あのコインにちがいありません。

「どうしたんです、こんなに」

「まだあるよ。あと、樽《たる》にふたつぶんくらい」

「ひえぇ」

イナバさんは、ややおよび腰《ごし》になりながら、コインと博士《はかせ》を見比《みくら》べました。

「……すべて、きみのおかげなんだ」

「ぼくの？」

ポラン博士《はかせ》がうなずきます。

「きみ、お風呂《ふろ》にはいってもらったろう。あれ、ついでにちょっとした実験《じっけん》もさせてもらっていてね。まあほんの、思いつきだったんだけれど」

「えっ」

「ここの浄水《じょうすい》システムは、トラオミウム幻想物質《げんそうぶっしつ》を濃縮《のうしゅく》するのと同じ濾過《ろか》フィルターを通しているんだが……きみがお風呂《ふろ》に入ってる間に出た、体を洗《あら》った水や、湯ぶねのお湯を濾過《ろか》して鋳造装置《ちゅうぞうそうち》の方に送ってみたら——」

「あれが、とれたんですか」

「そーれはもう、たくさんとれたんだ」

博士《はかせ》はまじめな顔でうなずきました。

「いやあ、ぼくは今まで、夢《ゆめ》見る者をくるみこむ毛布《もうふ》やシーツを研究対象《たいしょう》にしていたわけだけど……なによりも一番近くで本人を包《つつ》みこみ、夢《ゆめ》を抱《いだ》いているのは、本人の毛皮だったというわけだ。大発見だ、君のおかげだよ!!」

博士《はかせ》はがしっ、とばかりにイナバさんの肩《かた》を抱《だ》きました。

『そうしテ、とれたコインでエネルギーによゆうが出テ、研究室も元どおりの大きさに拡張《かくちょう》することができたのでス』

「ぼくは、このセンで、さらに研究を進める」

博士《はかせ》は、自信《じしん》に満《み》ちた顔で宣言《せんげん》しました。

「今後は、りっぱな毛皮を持ったモフモフ族のひとたちに、協力《きょうりょく》してもらう方法《ほうほう》を考えなければ」

見れば、博士《はかせ》もお風呂《ふろ》に入ったあとなのでしょう、こざっぱりとして、白衣《はくい》はぴんとしてしわもなく、あごのひげも、丸い頭にかかった雲のような白い髪《かみ》もきちんと整って、とてもちゃんとした科学者に見えました。

「――それでだね。約束《やくそく》通り、きみを家に、帰してあげようと思って準備《じゅんび》してたんだ。早い方が、いいんだろう？」

「あっ、ハ、はい。もちろん」

ぼーっとして気持ちが追いつかず、イナバさんは内心ちょっとうろたえてしまいました。帰れると言《い》われてうれしいはずなのに、どこか拍子《ひょうし》ぬけしたような、残念《ざんねん》な気持ちが少し、浮《う》かんでいたのです。

『コートをどうゾ。クリーニング済《ず》みでス』

「ありがと。あ、いいにおい」

博士《はかせ》は、部屋の真ん中の大きな望遠鏡《ぼうえんきょう》の下に立つと、カチャカチャとハンドルを回したり、レンズを取り替《か》えたりしています。やがて博士《はかせ》は望遠《ぼうえん》鏡《きょう》の下から手招《てまね》きをしました。

「だいたいの位置《いち》合わせは、出来ているよ」

そう言《い》って、博士《はかせ》はコインを一枚《まい》手に取って近づいてくると、イナバさんのおでこにおしつけました。

「わっ？」

一瞬《いっしゅん》のひんやりとした感触《かんしょく》のあとで、額《ひたい》にぐぐっと何かをおしこまれるような圧迫感《あっぱくかん》がありました。チリーン。頭の中で、そんな音がした気がして、あわてておでこをさわりますが、何もありません。床《ゆか》に落ちたりもしていないようです。

「あっ、あれっ?」

「いま、コインを一枚《まい》、入れた。このコインは、きみがきみの町に帰りつくまで、きみの形を守ってくれる。短時間だが、君は単身《たんしん》で幻想《げんそう》深海に潜《せん》航《こう》し、時空をショートカットすることになるからね。これは、一時的《いちじてき》な潜《せん》水服《すいふく》の役割《やくわり》をはたすんだ」

気づくと、イナバさんの体はうっすらとした光る膜《まく》に包《つつ》まれていました。真珠《しんじゅ》のような、とろけるハチミツのような。

「さあ、行こうか」

ふわふわと足が浮《う》かんでしまいそうな、いつもの一歩で数倍高く飛《と》び上がってしまいそうな、不思議《ふしぎ》な心地がしました。

イナバさんは指示《しじ》されるままイスに腰《こし》かけ、巨大望遠鏡《きょだいぼうえんきょう》のレンズをのぞきこみました。目の前に広がる丸い視界《しかい》が、美しい青でいっぱいになりました。ラピスラズリのように、細かな模様《もよう》の入った不思議《ふしぎ》な青です。

「よせていくよ」

キリキリとねじをまくような音がして、視界《しかい》をおおっていた青のマーブル模様《もよう》が、どんどん細かく精彩《せいさい》になっていくのがわかりました。チラチラと光りながら近づいてくる、赤銅《しゃくどう》のあか、白雲のしろに、翡翠《ひすい》のみどり——すべてを包《つつ》む、紺碧《こんぺき》のあお。

(地球)

そんな考えが頭に浮《う》かぶ間もなく、海に

囲《かこ》まれた島国の、その腹《はら》のあたりに視界《しかい》はぐんぐんズームアップして――。

「――雪の雲を、突《つ》きぬけるよ。町へ、町へ行くんだ」

ささやく声にうながされるように、灰色《はいいろ》の雲を突《つ》きぬけ、ところどころ雪を乗せて濡《ぬ》れた町の屋根屋根が見えてきました。

「――集中して。きみは、どこに帰りたい。どこから来た？　アンカーをつなぐんだ」

住宅街《じゅうたくがい》、お寺のような瓦屋根《かわらやね》の銭湯《せんとう》――そのわきに立つ、小さなコインランドリー。その屋根の下、ひとりのうさぎが眠《ねむ》っていました。テーブルにつっぷして。

「――じゃあね、きみの毛布《もうふ》はもう少し借《か》りておくよ。大丈夫《だいじょうぶ》、こまぎれにしたりなんかしないから。分析《ぶんせき》がすんだら、最高《さいこう》のふわふわに仕上げて、きみのところに返しておくよ」

『――イナバ助手、お元気デ』

黒田眼科

＊

シュンシュンと湯気を立てるヤカンを乗せたストーブが、コインランドリーの小さな部屋をあたためていました。

（――あれえ、寝《ね》ちゃってた）

イナバさんはテーブルから体を起こし、目をこすりました。古びた建屋《たてや》の中に、何台もならんだ大きな洗濯機《せんたくき》。ここがコインランドリーだということはすぐにわかりました。

イナバさんは、ひとりでした。何台もある洗濯機《せんたくき》はどれも動いてはおらず、ストーブの音がするほかは、室内は静《しず》まり返っています。

「えっ、こんな時間？　今日って、お休み？　……あれえ？」

なんでこんなところにいるのだったか、思い出せません。何か知っていたはずなのに、しゅわしゅわと炭酸《たんさん》のあわがはじけるように、みるみるうちに体から消えてなくなってしまう気がしました。

チリーン。

ねぼけたイナバさんのおでこに貼《は》りついていたらしい何かが、テーブルに落ちて、すんだ音を立てました。

「あっ」

反射的《はんしゃてき》にのばした指先に、一瞬《いっしゅん》、金色のコインがふれました。その指に弾《はじ》かれて、それはそのまま床《ゆか》に落ち、どこかへ見えなくなりました。ふれたのは、一瞬《いっしゅん》でした。でも、それでぜんぶわかりました。

「ふわ――……ああ」

イナバさんは大きなあくびをひとつ。

「……帰ろう」

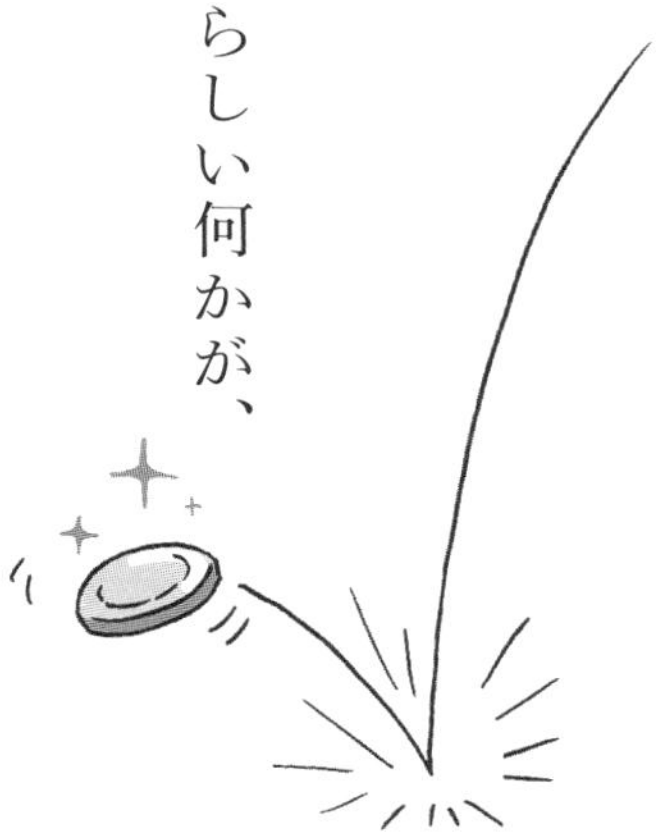

いつのまにか、雪はやんでいました。イナバさんは、ストーブを消しコインランドリーを出ました。来たときとちがって、自転車のかごは空でしたが、イナバさんは気にしませんでした。あの毛布《もうふ》がどうなったのか、イナバさんはもう、思い出していましたから。

（ちゃんと返してくれるって、言《い》ってたけど）

どうやって？　と、イナバさんは考えました。ワープ？　天からふってくるとか？

（まあ、今晩《こんばん》は部屋のこたつ布団《ぶとん》で寝《ね》るしかないかも）

それでも良《よ》い気がしました。なぜなら、イナバさんの体は、まるで風呂《ふろ》上《あ》がりのように、ホカホカとしたぬくもりが残《のこ》っていたのです。

今晩《こんばん》は、とてもいい気分で眠《ねむ》れそうでした。

イナバさんは、うっすらと白く雪ののこる夜の町にむけ、自転車のペダルをふみこみました。

モウフ在中

II
月面ホテルへようこそ
PORRAN NO HOTEL

ごあんない

ポランノホテルは、夢《ゆめ》の湖のほとりに立つホテルです。
ここは、極上《ごくじょう》の寝心地《ねごこち》のベッドと、美しい大浴場《だいよくじょう》をそなえた
知る人ぞ知る、月の隠《かく》れ処《が》ホテル。
客室は七つと多くはありませんが、それだけに
行きとどいたていねいなおもてなしには自信《じしん》があります。

さあ、明るい夜と暗い夜を、ゆっくり交互《こうご》にくり返すこの月面で
心ゆくまですてきな眠《ねむ》りを味わってみませんか。
きっと、すばらしい夢《ゆめ》を見ることができるはずです。
ポランノホテルでは、スタッフ一同
お客さまのご来館を心よりお待ち申し上げております。

1

夢《ゆめ》の湖の岸辺《きしべ》に、影《かげ》がひとつ、ありました。

このひとは、シロクマのシュラフさん。湖の湖畔《こはん》に建《た》つ、ポランノホテルの従業員《じゅうぎょういん》です。

シュラフさんの仕事は、ホテルの裏方全般《うらかたぜんぱん》。備品《びひん》の修理《しゅうり》や、お風呂《ふろ》のボイラー点検《てんけん》などいろいろありますが、一番大事な仕事は、水深が足らずにホテルの船着き場に接岸《せつがん》できない大きな船にかわって、桟橋《さんばし》と、沖合《おきあい》に停《てい》泊《はく》した大型船《おおがたせん》とを行き来するボートを操縦《そうじゅう》することでした。

シュラフさんはさきほど、月の巡航客船《じゅんこうきゃくせん》マリス号から下りた七組のお客さんをボートに乗せてやってきて、桟橋《さんばし》で待つ案内係《あんないがかり》にお世話を引きついだところでした。

お客さんを連《つ》れてホテルへと向かう、案内係《あんないがかり》のランプの光が小さくなるのを見送って、シュラフさんは、係留《けいりゅう》ロープの具合を確《たし》かめ、あまった綱《つな》はきれいに巻《ま》き上げて、端《はし》によせていきます。

シュラフさんの手の中で、シュルシュルと綱《つな》が鳴ります。スーツケースを引く音や、にぎやかなお客さんのおしゃべりは、もう聞こえません。

シュラフさんの息づかいと、しゃぶしゃぶとよせる波音だけです。

ボー――。

ボボー――。

湖面に、汽笛の音がひびき、シュラフさんは顔を上げました。

夢《ゆめ》の湖をわたる大型《おおがた》客船マリス号が、晴れの海へと出ていく合図でした。

湖をゆく巨大《きょだい》な船体は影《かげ》になり、何層《なんそう》にも重なる客室は薄板《うすいた》を重ねたガラス細工のようにかがやきます。鏡合《かがみあ》わせになった湖面に船の窓明《まどあ》かりが映《うつ》り、また、降《ふ》るような星空と、大きな大きな青いみかづきが映《うつ》りました。

シュラフさんは湖岸に腰《こし》かけて、船を見送ります。

お客さんのチェックインを終え、夕食の準備《じゅんび》で人手が必要《ひつよう》になるまで、しばらく時間がありました。シュラフさんは、このぽかりとあいたひととき を、ひとりで過《す》ごすのが好《す》きでした。やがて小さくなった客船が闇《やみ》に溶《と》け、そろそろもどろう、とシュラフさんが腰《こし》を浮《う》かしかけたときでした。

大きな青いみかづきを、鏡合《かがみあ》わせに映《うつ》した湖面に、す――――い、と金の筋《すじ》が流れるのが見えました。

「あっ、流れ星」

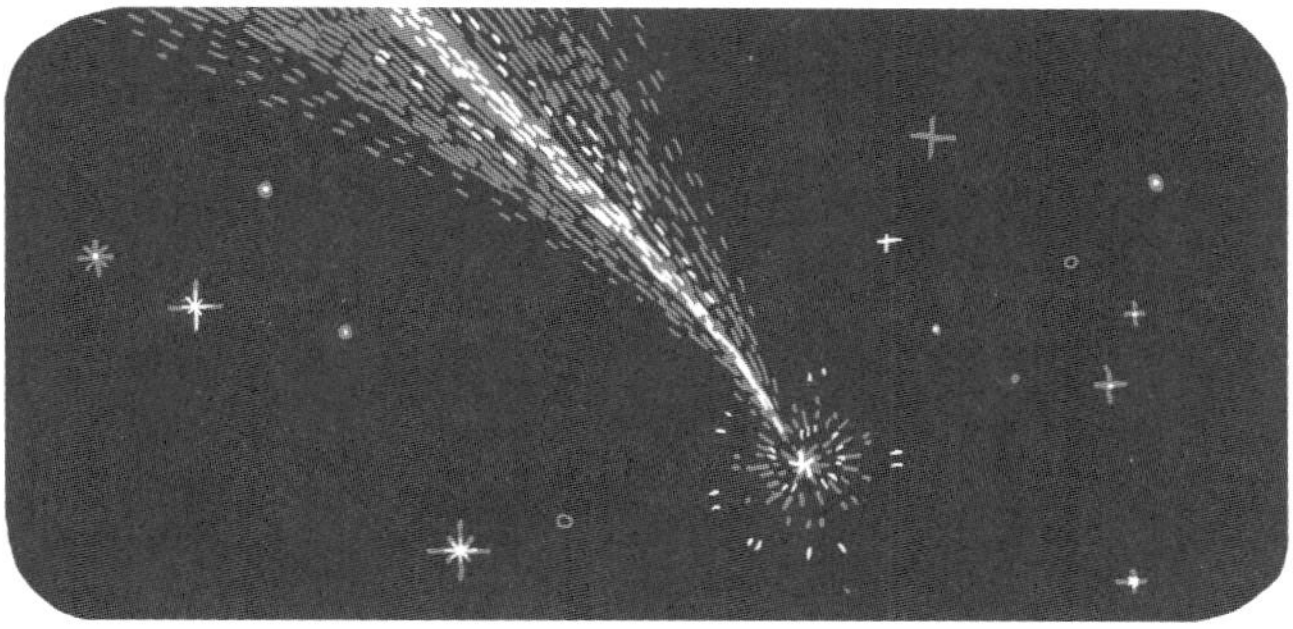

星は、シュラフさんの頭上を越《こ》えて天をすべり、丘《おか》の向こうに消えた数瞬《すうしゅん》の後、音もなく、フワーと山際《やまぎわ》を光らせました。
(――落ちた)
丘《おか》の向こうは、ひとけのない入《い》り江《え》です。波うち際《ぎわ》や、浅《あさ》いところに落ちていれば星をひろうことができるかもしれません。シュラフさんはだんだんかけ足になりながら、湖岸の道を、入《い》り江《え》へむかって下りていきました。

＊

フーワ、フーワ。呼吸《こきゅう》をするように、浅瀬《あさせ》全体が光っていました。何度目の明滅《めいめつ》だったでしょう。やがて水底《みなそこ》をあらわにした明かりはすうっと消えて、あたりはおだやかな暗さを取り戻《もど》しました。

「ああ、消えちゃった」

一番強く光っていたのはどこだったでしょう。手掛《てが》かりをなくして、きらめきれないシュラフさんはあたりを見回しました。たしか、そう、波打ち際《ぎわ》のあたりが明るかったはず……。そして、それに気づいたのです。

シュラフさんは最初《さいしょ》、それが何なのか、よくわかりませんでした。それは、白っぽく見える何かで、そこそこ大きく、近づいてよく見れば、手足がありました。頭の上につき出た、長い耳も。

それ――その白うさぎは、潮《しお》の引きかけた浜辺《はまべ》に足を投げ出して座《すわ》り、

腰《こし》まわりをしゃぶしゃぶと波に洗《あら》われながら、ぼんやり空を見上げていました。見たことのない、うさぎでした。

白うさぎは、ぽかんと口を開けて、空に浮《う》かぶ「青いみかづき」をながめて、言《い》いました。

「月って、こんなに大きかったっけ……」

白うさぎのつぶやきに、シュラフさんは思わず答えました。

「クレセント・アースだよ。これからもっともっと、大きくなる」

シュラフさんの声にふり返った白うさぎが、ぎょっとしたように目を丸くすると、のけぞってバシャン！　と水しぶきを立てました。

「わっ、シロクマ！」

「な、なんだい。きみこそ、白うさぎじゃないか」

びっくりしましたが、とりあえず言《い》い返しておきました。ひとの顔を見るなり、シロクマ！　はやっぱりちょっと失礼《しつれい》ですからね。けれど、当のうさぎはきょとんとした顔でまばたきをして、聞き返しました。

「白うさぎ？」

「初《はじ》めて見る顔だけど、どこから来たんだい」

「……どこから？」

うさぎはこまったように首をかしげてから、今気がついた、というように自分の手をしげしげと見つめました。それから頭に手をやって、てっぺんから生えているピンクの耳を前に引きよせて確《たし》かめてから、ぷるりと放ちました。

「ぼく、白うさぎですか」

「えっ、そう見えるけど。ちがうのかい」

「うーん、なんだか、よくわか

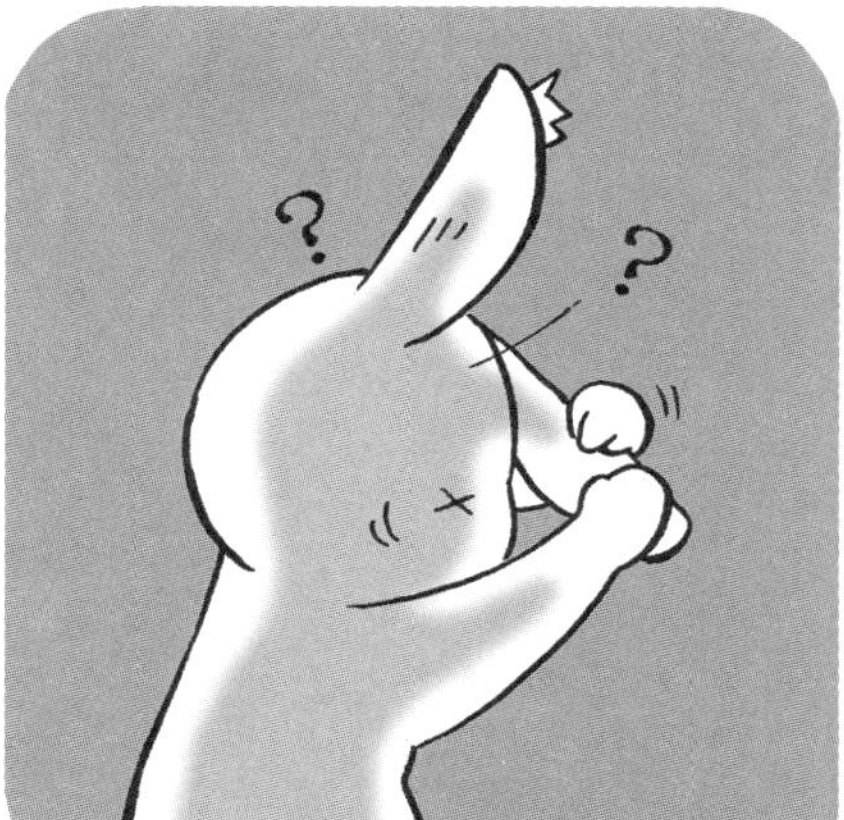

らなくて」

そう答えながら、ひねった首はかたむきすぎて水面についてしまいそうです。

ふと、うさぎの体の輪郭《りんかく》がゆらいだ気がして、シュラフさんは目をこすりました。見直したうさぎのふっくらとした白いおなかが、さわさわと水の波紋《はもん》のようにゆれて見えます。

「うん？」

シュラフさんは目を細め、角度を変《か》えてのぞきこみ、それがそのまま、波打ち際《ぎわ》に打ちよせるさざ波の模様《もよう》だと気づいて、ぎょっと目をむきました。

なんということでしょう、このうさぎ、透《す》けています！

「たいへんだ」

「えっ、何」

「ちょっと、きみ、とにかくいっしょに来て」

シュラフさんはぼんやりしたうさぎの手を引きました。

「悪いようにはしないから」

「ちょ、ちょっと、シロクマ、さん!?」

シュラフさんは、ぴちぴちともがく白うさぎを小わきに抱《かか》えて、ポランノホテルへの道をかけ出したのです。

2

「──ふむ、つまり」

ポランノホテル支配人《しはいにん》のクロカワさんは、事務所《じむしょ》の小さな机《つくえ》をはさんで、向かいのイスに座《すわ》った白うさぎにたずねました。

「自分の名前も、どこから来たかも、わからないと？」

「そんな、感じです」

あまりこまった様子もなく、白うさぎはうなずきました。うなずく耳

や胴体《どうたい》ごしに、後ろの壁《かべ》の色なんかが透《す》けて見えました。

支配人《しはいにん》は、目の前の半透《はんす》けうさぎを前に、しぶい顔になって言《い》いました。

「……これは、やっぱり、あれかな」

「マネージャー、ありましたよ」

シュラフさんは息を切らして救急箱《きゅうきゅうばこ》を持ってくると、中身がチリチリと音を立てる小さな薬瓶《くすりびん》を取り出しました。

「えーと、『用途《ようと》──気つけ・幻想《げんそう》の補給《ほきゅう》に』……よし」

クロカワさんは、小瓶《こびん》に書いてある効用《こうよう》を読み上げると、瓶《びん》のふたを開け、コロンと小さな金色の粒《つぶ》を手の上に出しました。

「これ、飲んで」

「えー、なんですか、これ」

わたされた粒《つぶ》を見て、うさんくさそうに眉《まゆ》をよせるうさぎに、支配人《しはいにん》は言《い》いました。

「大丈夫《だいじょうぶ》。苦くないから」

子どもをあやすようにうながされて、白うさぎはしぶしぶ、といった様子で粒《つぶ》を口に放りこみました。

「こんぺいとうみたい……」

他のふたりが見守る中、白うさぎは「ほんとだ、甘《あま》いな」とか「……おいしい」とかいいながら口の中でコロコロと粒《つぶ》を転がしていましたが、突然《とつぜん》はたと動きを止めて、自分の手を見つめました。

「す、す、すすすけ透《す》け透《す》けてる!!」

白うさぎは、驚愕《きょうがく》の表情《ひょうじょう》で自分の手をあちこちにかざして向こう側《がわ》を透《す》かして見てから、体のあちこちをぺちぺちとたたきました。

「す、透《す》けてる。あの、透《す》けてるんですけど!?」

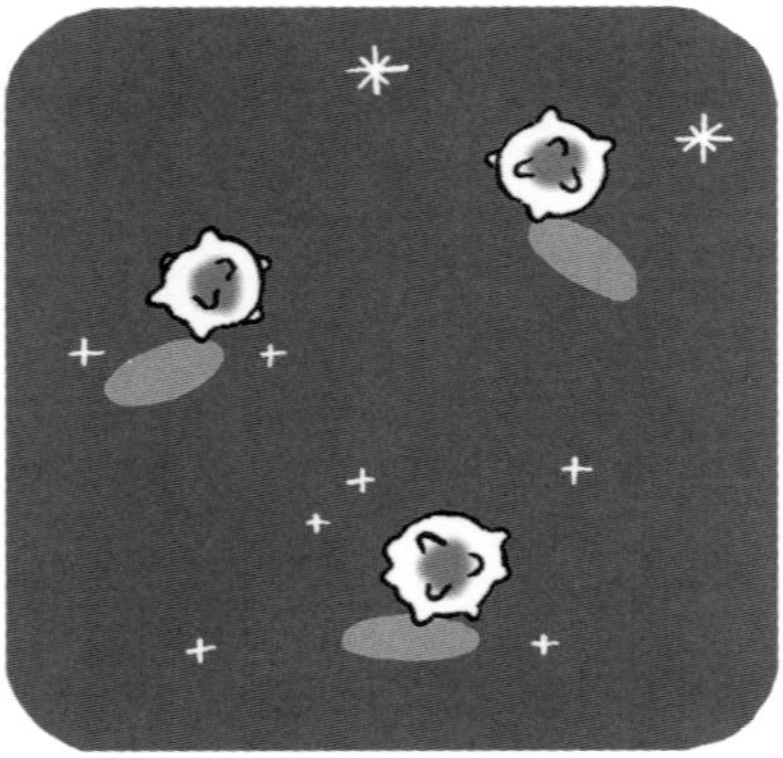

「大丈夫《だいじょうぶ》。さっきよりはだいぶマシになったよ」

実際《じっさい》、水まんじゅうくらいまで進んでいたうさぎの透明化《とうめいか》は、薬を口にしてからのほんのちょっとの間に、ういろうくらいの不透明《ふとうめい》さにもどっていました。

「うさぎはやたらと透《す》けるものじゃない、ということを思い出しました」

冷《ひ》や汗《あせ》をぬぐって、白うさぎは言《い》いました。

「うん、危《あぶ》なかったね。シュラフくんが連《つ》れて帰ってくれなかったら、あのまま消えてしまうところだったよ、きみ」

支配人《しはいにん》の言葉に、白うさぎはイスの上でふるえあがりました。

「……あの、だいぶ頭ははっきりしてきたんですが。他のことはいろいろ、わからないままなんですけど」

それを聞いて、支配人《しはいにん》とシュラフさんは顔を見合わせました。もう一度小瓶《こびん》を傾《かたむ》けて、チリンと薬を取り出します。

「じゃあもう一粒《つぶ》、どうぞ」

コロコロコロ。

「……あっ」

「何か、思い出したかね」

「名前。名前を思い出しました。イナバ、イナバリョウイチっていうんだ、ぼく。うわあ、なんでわすれてたんだろ」

「ふむ、きみの名前はイナバ、リョウイチくん……と」

クロカワさんは書類《しょるい》に書き留《と》めながら、くりかえしました。

「じゃ、もう一粒《つぶ》、いっとくかね」

「――あっ、だめ。『一回一錠《じょう》まで』って、注意書きに」

横で見ていたシュラフさんが、あわてて支配人《しはいにん》の手から小瓶《こびん》を取り上げ

ました。

「『連続《れんぞく》服用には、六時間以上《いじょう》空けること』ですって」

「おや、そうかい」

なぜだかちょっと残念《ざんねん》そうに、支配人《しはいにん》は言《い》いました。

「まあ、透《す》けていたのはもどったようだし。あとは自然回復《しぜんかいふく》するだろう」

「自然回復《しぜんかいふく》……するんですか？」

白うさぎのイナバさんは、不安《ふあん》そうにたずねました。

「きみの症状《しょうじょう》は、急性幻想物質欠乏《きゅうせいげんそうぶっしつけつぼう》、といってね。月面で暮《く》らすのにこれになると、記憶《きおく》をなくしたり、希望《きぼう》をなくして絶望《ぜつぼう》したり……、ひどいときは、自分の形が保《たも》てずに、存在《そんざい》が消えてしまったりする」

「ひえっ」

「ふつう、ここまでスッカラカンになることはないんだがな、適度《てきど》に体内で生成《せいせい》されていくものだし。きみ、そう悲観的《ひかんてき》なタイプにも見えないけど、原因《げんいん》はなんだろう。思い当たることは、ある？」

そう言《い》って、支配人《しはいにん》は首をかしげました。

「……わからないですねえ」

イナバさんも、首をかしげます。

「まあ、そのうち回復《かいふく》したら、記憶《きおく》ももどるよ、たぶん」

「たぶんかあ」

「ダメならまた、薬をあげよう。六時間だっけ？　間を空けてね」

支配人《しはいにん》はそう言《い》って、薬の瓶《びん》を救急箱《きゅうきゅうばこ》にしまいました。うさぎのイナバさんは、グーパーと手のひらを開閉《かいへい》し、向こう側《がわ》が透《す》けて見えないのを確《たし》かめています。

そのときでした。チーン、とどこからか、ベルをはじくような音が聞こえ、みんなハッとしました。うさぎ耳が、ピンと立ちます。

「支配人《しはいにん》――」

ガチャリ、と支配人《しはいにん》の座《すわ》っていたイスの後ろの小さな扉《とびら》が開いて、蝶《ちょう》ネクタイをつけたペンギンが、部屋に入ってきました。

「それに、シュラフさん。もう、ディナー始まるので、ヘルプ入ってもらえますか」

「あっ、もうそんな時間か。たいへんだ」

支配人《しはいにん》はそう言《い》って立ち上がり、あわてて小扉《ことびら》を出て行ってしまいました。するとシュラフさんも、

「さて、ぼくも行こうかな。配膳室《はいぜんしつ》に行かないと」

「あっ、あの」

「はい、はい」

イナバさんはわたわたと立ち上がって、ぺこりとお辞儀《じぎ》をしました。

「助けてくれて、ありがとうございます」

シュラフさんはちょっと目を丸くしてから、にこりと笑《わら》いました。

「うん、『うさぎには親切にせよ』だからね」

「えっ、なんです？　それ」

「おや、聞いたことないかい。ここの皆《みな》がよく言《い》うんだよ」

まあ、今までうさぎがいなかったから、親切にしようがなかったんだけど、とシュラフさんは笑《わら》いました。

「よかったよ。最初《さいしょ》は、幽霊《ゆうれい》だったらどうしようようって、思ったんだ」

「幽霊《ゆうれい》？」

「あの入《い》り江《え》には、そういう、うわさがあるんだ。だれの姿《すがた》もないのに声が聞こえるとか、いつのまにか足跡《あしあと》が増《ふ》えているとか」

シュラフさんはそう言《い》って、イナバさんをしげしげとながめました。

「まあ、幽霊《ゆうれい》にしてはきみ、そうぞうしかったしね。シロクマ！　って」

「あのときはほんと、スミマセン」

「はっは、気にしないで。さてと、ぼくは行くね」

よっこらしょ、とシュラフさんが出ていこうとするのを、イナバさんはにこやかに手をふって見送りそうになりましたが、次の瞬間《しゅんかん》ハッとして、シュラフさんに追いすがりました。

「あの！　ちょっと待って！」

「あっ、はい」

シュラフさんがふり返ります。

「ぼく、どうしたら」

なにしろ、イナバさんは、ようやく名前を思い出しただけの記憶喪失《きおくそうしつ》うさぎですから、何もわかりません。正直めちゃくちゃ心細いのです。

「そうだなあ。とりあえず、ここでゆっくりしていたらいいよ。そのうち支配人《しはいにん》ももどるだろうし……あっ、トイレはそこを出た先ね。どこに行ってもいいけど、ホテルの敷地《しきち》からは、出ないでね」

今にも立ち去っていきそうなシュラフさんに、イナバさんはいそいで確認《かくにん》しました。

「――ホテル！　まず、ホテルなんですね？　ここ」

ああそこからか、というふうに、シュラフさんはうなずいて、そして言《い》いました。

「そう。ここは、ポランノホテル。月の湖畔《こはん》のホテルだよ。ぼくらは、この従業員《じゅうぎょういん》なんだ」

3

みんなが部屋を出て行ってしまい、部外者のイナバさんはひとり、部屋に取り残《のこ》されました。雑然《ざつぜん》とした事務所《じむしょ》のような部屋を見回します。

(ホテル、ホテルかあ)

何をするでもなくぼんやりしていると、扉《とびら》の向こうからでしょうか、かすかにざわめきの気配が伝《つた》わってきます。だんだんと好奇心《こうきしん》が首をもたげてきて、イナバさんは立ち上がって、そーっと扉《とびら》に手をかけました。

ぐ――、きゅるるる。

思わずお腹《なか》が鳴ってしまったのは、扉《とびら》を細く開いたとたんに、なんとも

美味《おい》しそうなコンソメスープのにおいがただよってきたからでした。

ざわ、ざわとひとの話す声や、カチャカチャと食器《しょっき》や金属《きんぞく》のぶつかる音が聞こえてきます。イナバさんはしばらく、ピンと立てた耳で様子をうかがっていましたが、やがてがまんできなくなり、扉《とびら》のすきまからするりと外に忍《しの》び出ました。

扉《とびら》の向こうは、つややかにみがきこまれたフロントデスクの内側《うちがわ》でした。いまはスタッフが出はらっているのか、だれもいません。

カウンターの端《はし》のはね上げになった天板をくぐって外側《そとがわ》に回ってみると、表に向けて〝御用《ごよう》の方はベルを鳴らしてください〟という札《ふだ》が立っていました。

カウンターの外は、つるりとした広く白い床《ゆか》の広がるエントランスロビーでした。イナバさんは、まぶしい照明《しょうめい》に目を細めながら、フロアや高い天井《てんじょう》をキョロキョロ見回しました。するとややあって、ササササ、と後

ろの方から床《ゆか》を掃《は》く音が近づいてきたのです。

『——イラッシャイマセ。お客さマ。お部屋にご案内《あんない》いたしまス』

「わっ」

丸い円盤型《えんばんがた》のお掃除《そうじ》ロボットが、緑《みどり》のランプを光らせながら話しかけてきました。イナバさんはあわてて答えました。

「ぼくは、お客さんじゃないよ」

『ご予約《よやく》のお客さマ、ではございませンか』

「ちがうよ」

『そうでスか——』

念《ねん》おしされて、イナバさんが首をふると、ロボットは緑《みどり》のランプをフワ

フワと光らせていましたが、やがてあきらめたようにササササと音を立てながら掃除《そうじ》を再開《さいかい》して離《はな》れていきました。

よく見れば、フロアのあちこちに、同じようなロボットが動き回っていました。けれど働《はたら》いているのはロボットばかりではありません。

カラカラと音を立て、鳥かごのような金色のカートをおして、蝶《ちょう》ネクタイをつけた何羽かのペンギンが、フロアを横切って行きました。

ロビーには噴水《ふんすい》が設《もう》けられて、丸い水盤《すいばん》がさばさばとすずやかな音を立てていました。水盤《すいばん》のむこうに、金の取っ手のついたガラスの扉《とびら》が開かれているのが見えました。夕食を出しているレストランなのでしょうか、美《お》味《い》しいにおいは、その部屋からしてくるようです。

イナバさんは、たまらず鳴り始めたお腹《なか》をおさえて、ふらふらとそちらに近づいていきました。

「――うさぎ！」

レストランの中から甲高《かんだか》い声がしたと思うと、ぱたぱたと足音を立て、目をまん丸に見開いた子どもが、イナバさんの方へかけてきました。

「ほんとだ、うさぎだ！」

姉妹でしょうか、もう一人おそろいの服を着た子もかけてきて、イナバさんの前にならんで目を丸くします。

「うさぎだよね！」

「ほんとうに、いたね」

「ほんとうに月にうさぎ、いるんだね」

子どもたちは、イナバさんの前に後ろにぐるぐると回りこみながら、興《こう》奮《ふん》したようにくり返しました。

「――ほんものの、うさぎだ！」

「あら、あら」

母親らしい女の人が、子どもたちに追いついてきて、イナバさんを見ると、ぱっと顔をかがやかせました。

「あらあ、本当にうさぎさんだわ」

うれしそうにほほえんで、

「あなたも、ここに宿泊《しゅくはく》しているの？」

「ぼくは、お客さんではなくて……えーと」

イナバさんが答えをにごしていると、

「やっぱり、月のうさぎなんだ」

と子どもたちは目をかがやかせます。

「やっぱり……あなた、ダンスはお得意《とくい》なのかしら」

と、女の人がいたずらっぽく首をかしげました。

「だ、ダンス？」

自分の胸《むね》に聞いてみたら、（無理《むり》！）という返事が返ってきました。記憶《きおく》にありませんが、苦手にちがいないという確信《かくしん》がありました！

「む、無理《むり》です、たぶん」

「あらまあ、残念《ざんねん》」

「――ソソラソラソラ？」

「――いっしょにダンス？」

子どもたちが両側《りょうがわ》からイナバさんの手を取ってキャッキャとスキップをします。イナバさんもつられて（足がからまりそうでした

が）ぴょんぴょんとはねてみました。うん、不器用《ぶきよう》だな、ぼく。でも、ちょっと楽しいかも。

「……あっ、イテテ、耳、みみひっぱらないで。しっぽもダメ」

子どもたちが面白《おもしろ》がって、あちこちつついたり引《ひ》っ張《ぱ》ったりしはじめて、イナバさんはあわてました。

「おやおや、お嬢《じょう》さんたち、あまり無体《むたい》をはたらくものではないですよ」

ゆっくりとした足取りでレストランから出てきた老紳士《ろうしんし》が、イナバさんたちの様子を見て、姉妹をやさしくたしなめました。

姉妹はくふふ、うふふ、とくすぐったく笑《わら》いながら、ちょっときまり悪そうにイナバさんから離《はな》れると、

「……ごめんね」

「ごめん」

「うさぎさん、またね」

「またね」

と、ふたりで手をふりました。

母親に連《つ》れられて、姉妹がロビーを出ていくのを見送ってから、

「ありがとうございます」

とイナバさんは残《のこ》った老紳士《ろうしんし》にお礼を言《い》いました。

「いえいえ、いいんですよ」

紳士《しんし》はコロンとした持ち手のついた杖《つえ》で、かぶっていた帽子《ぼうし》をついと持ち上げて言《い》いました。

「ところで……うさぎさん。私《わたし》もひとつ、おたずねしたいのですが」

「はい、なんでしょう」

老紳士《ろうしんし》がこそりと口元に手を添《そ》えるので、イナバさんは耳をよせました。すると少し照《て》れくさそうに、彼《かれ》はこう言《い》ったのです。

「あなた、おモチつきは……されるのですかな？」

4

「よし、採用《さいよう》」

支配人《しはいにん》のクロカワさんが、イナバさんにヒヅメをむけて宣言《せんげん》しました。

ディナータイムの忙《いそが》しさが落ち着いたあと、手のあいたスタッフたちは、ホテルの小さな社員食堂《しょくどう》で、思い思いに休憩《きゅうけい》をとっていました。イナバ

さんは、仕事に区切りがついて、記憶《きおく》のあやふやなうさぎのことを思い出してくれた支配人《しはいにん》に連《つ》れられて、社員食堂《しょくどう》にやってきたのでした。

イナバさんはあのあとも、食事を終えたお客さんたちにホテルのスタッフとまちがわれて何度も声をかけられ、まごつくことになりました。

お客さんたちは、なぜか皆《みな》、イナバさんを見ると目をかがやかせて喜《よろこ》ぶのです。そして、ダンスが踊《おど》れないとか、おモチはつかないと知ると、皆《みな》ちょっとがっかりするのでした。

「今日のお客さんはどこから来たのだったかな。たしかみな同じ地域《ちいき》？」

話をきいたクロカワ支配人《しはいにん》は、思い当たることがあるようで、ふむふむとうなずきました。「よし、採用《さいよう》だな」

「――えーと、採用《さいよう》って？　ぼくですか？」

イナバさんはおごってもらった月見そばをすするのもわすれて、聞き返しました。

「うん。きみ、お客さん受けいいし。帰るあてもないんでしょ。もろもろ記憶《きおく》とかもどって、先の見通しが立つまで、ここで働《はたら》かないかい。寝床《ねどこ》とまかないがつくよ。好待遇《こうたいぐう》だよ。

――そう『うさぎには親切にせよ』、だ」

「それは、ありがたいですけど」

「それじゃあ、決まりだ」

イナバさんがとまどいながらうなずくと、クロカワさんはぱちんとヒヅメを鳴らしました。

「うさぎのスタッフは欲《ほ》しいと思っていたけど、なかなか応募《おうぼ》がなくてね。やはり、ニーズに応《こた》えられるのはうれしいね」

「ニーズ」

「そう。需要《じゅよう》ともいう。まずは……さっそくだけど、モチつきをしよう」

「モチつき」

「お客さんが、期待するなら、応《こた》えようじゃないか」

支配人《しはいにん》が胸《むね》をはって言《い》うのを聞いて、イナバさんは眉《まゆ》を下げました。

「ぼく、そんな力ないですよ、たぶん」

「大丈夫《だいじょうぶ》。力仕事担当《たんとう》は、シュラフくんがいるから」

突然《とつぜん》あてにされて、テーブルの向こうでイワシのサンドイッチにかじりつこうとしていたシュラフさんは、目を白黒させました。

「えっ、ぼくですか。まあいいですけど」

「杵《きね》とか臼《うす》とか、あるんですか？」

イナバさんがたずねると、シュラフさんがうなずきました。

「あるね。たしか、備品倉庫《びひんそうこ》にしまってある」

「イナバくん、あとで、シュラフくんと行って運び出しておいてくれないか。モチつきイベントの準備《じゅんび》、頼《たの》むよ」

支配人《しはいにん》が言《い》いました。

「うさぎとおモチの組み合わせ、ずっとやってみたかったんだ。特定地域《とくていちいき》の伝承《でんしょう》らしいんだけど。きみがおモチをふるまったら、お客さんみんな喜《よろこ》ぶだろうなあ」

「そ、そうなんですか。まあ、それくらいなら……」

イナバさんは、卵《たまご》の白身がからんだおそばをすすりました。話に気を取られているうちに、少しのびてしまったみたいです。

温かなおつゆがお腹《なか》にしみました。足りないものだらけの体の内側《うちがわ》が満《み》たされていくようで、ちょっと泣《な》きたいような気分になりました。すんだおそばのつゆに、あざやかな山吹色《やまぶきいろ》の満月《まんげつ》が浮《う》かんでいます。

（あれっ。月って、何色なんだったっけ）

湖の入《い》り江《え》で見上げたのは大きな青いみかづきでした。

けれど今、イナバさんの心にありありと浮《う》かぶ月は——金色だったり、さえざえとした銀色だったりする——地上から見上げた月でした。

（そうか。ぼくは地球のうさぎだったのだ）

イナバさんは、ふと、そんなことを、思い出したのでした。

5

その夜、社員食堂《しょくどう》のお皿洗《さらあら》いのおてつだいを終えたあと、イナバさんはシュラフさんとともに、備品倉庫《びひんそうこ》に行くことになりました。おモチつきイ

ベントの責任者《せきにんしゃ》として、杵《きね》と臼《うす》、そしてモチつき機《き》を出してくるためです。

倉庫《そうこ》に向かうには少し遠回りではありましたが、シュラフさんが、案内《あんない》がてらホテルの中をめぐりながら、大まかな間取りや、人目にふれずにスタッフが行き来するための通路を教えてくれました。客室の廊下《ろうか》の前も通りましたが、今の時間はどこも、しんと静《しず》まり返っています。

ずっと「夜空」の下の月面ホテルでは、お客さんはいつ寝《ね》ても、起きてもいいことになっていましたが、今晩《こんばん》の宿泊客《しゅくはくきゃく》はみな、長い船旅を終えたばかり。ポランノホテルの寝室《しんしつ》は、ベッドからシーツ、毛布《もうふ》にいたるまで極上《ごくじょう》の寝心地《ねごこち》なので、みんなぐっすり眠《ねむ》りについていたのです。

＊

「ここから庭園に出られるんだ」

細い廊下《ろうか》の突《つ》き当たりの扉《とびら》を開けて、シュラフさんが言《い》いました。

「うわあ」

　あらためて声が出ました。少しふくらんだ青いみかづき。

「今晩《こんばん》の、クレセントアースも美しいね」

「あれ……地球なんですね。ぼく、あそこから来た……って気がします」

　ちょっと実感は薄《うす》かったのですが、口に出して言《い》ってみました。ちらほらとメモ書きが投げこまれるように、イナバさんの中に、「記憶《きおく》」の断片《だんぺん》は増《ふ》えつつあったのです。

「あそこに帰りたい、って気がします、ぼく」

　青みかづきを見上げてつぶやくイナバさんを見おろして、シュラフさんは頭をかきました。

「三十八万キロ、だね」

「えっ、何がです？」

「あそこまでの距離《きょり》さ。船賃《ふなちん》は、なかなか高いよ。がんばって稼《かせ》がなくちゃね」

＊

「——こっちの通用口からも、備品倉庫《びひんそうこ》に入れる」

庭園から引き入れられた部屋は、暗くしんとして、灯油《とうゆ》と、ホコリのにおいがしました。左右の壁際《かべぎわ》と真ん中、三列の棚《たな》がきちんと並《なら》び、棚板《たないた》には、大小さまざまな品物がぎっしりとしまわれています。

「端《はし》から見ていこう。ぼくはこっちから、きみは、そちらの端《はし》からだ」

天井《てんじょう》の真ん中に、ぽつぽつと裸電球《はだかでんきゅう》の照明《しょうめい》がついていましたが、ならんでいるものをすべて明らかにするには、とても光量《こうりょう》がたりません。シュラフさんは、持ってきた懐中電灯《かいちゅうでんとう》のスイッチを入れて、一つをイナバさんにわたしました。

イナバさんとシュラフさんは、二手に分かれ、懐中電灯《かいちゅうでんとう》で照《て》らしながら、順番《じゅんばん》に棚《たな》の中身の確認《かくにん》を始めました。

「杵《きね》と臼《うす》、きねとうす」

つぶやきながら、ひとつずつ品物を確認《かくにん》していきます。知らず知らず、口数が少なくなっていきました。

(これも、ちがう、これはなんだろ？　でも、ちがうな)

トイレットペーパーや掃除機《そうじき》などのホテルの備品《びひん》らしき物もあれば、古びた、こたつ、ストーブ、洗濯機《せんたくき》——このあたりは、なんだかなつかしい気がするのはなぜでしょう。

（おモチつき……モチツキ……）

イナバさんは、だんだん自分が何を探《さが》しているか、よくわからなくなってきました。キネとかウスとか口のなかでつぶやく言葉が、ほどけてくずれて、意味をなくした呪文《じゅもん》のようになっていきます。

シリン……シャリン……。

どこからか、ささやきのように、すんだ金属《きんぞく》の音が聞こえました。

（……？）

イナバさんは懐中電灯《かいちゅうでんとう》を持ち上げ、せまい通路で一回転してあたりを照《て》らしてみました。それぞれの品物からのびる影《かげ》がのびちぢみして、生き物のように立ち上がりました。

「あっ、あった」

懐中電灯《かいちゅうでんとう》の光の中に、杵《きね》と臼《うす》を見つけて、イナバさんは声を上げました。通路の突《つ》き当《あ》たりで、ビニールにおおわれて、ヒモがかかっています。

「シュラフさーん、臼《うす》、ありましたよ」

そう声を上げながら——そのとき、イナバさんは、別《べつ》のものに目をうばわれていました。

なぜ、それが気になったのかはわかりませんでした。イナバさんのちょうど目の高さの、棚板《たないた》の上。この部屋のささやかな光をすべて集めたようなあざやかさで、その金色のコインはありました。

(ああ、これだ。こんなところにあった)

イナバさんは、なんだかとても当たり前のように、そのコインを手に取りました。ずっと冷《つめ》たい倉庫《そうこ》に置《お》かれていたはずなのに、それはほんのりと温かく、ふれたのをわすれるほどに、手のひらになじみました。顔を上げると、目の前に、扉《とびら》がありました。少し古びた、金属《きんぞく》の、どこか懐《なつ》かしい扉《とびら》。自然《しぜん》と手がのび、ドアノブをひねりました。ノブは、途《と》中《ちゅう》でカチンと行き止まりました。鍵《かぎ》がかかっているのです。

手の中で、コインがむずむずとうずくのがわかりました。手を開いてみると、それは、何の変哲《へんてつ》もないアパートの鍵《かぎ》の形をしていて……扉《とびら》の鍵穴《かぎあな》に差《さ》すと、ピタリと合ったのです。

カチャリ。

6

気がつくと、そこはアパートメントの部屋でした。

栗《くり》の木コーポ２０１号室の、なつかしいにおい。でも今は、少しコーヒーの残《のこ》り香《が》がまじっています。

「――あっ。ええっ！」

イナバさんは、ベッドの上で目をぱちぱちとまたたきました。あたりは真っ暗です。いったい今、何時なのでしょう。

「えーと、ぼくは、コインランドリーからもどってきて……」

そう、長い、長い夜でした。イナバさんはとうとう、宇宙船《うちゅうせん》にすら乗りこんだのです――たぶん。

なんだかんだありましたが、イナバさんは、宇宙船《うちゅうせん》からお風呂上《ふろあ》がりの余韻《よいん》をまとって、アパートの自分の部屋に帰ってきたはずでした。

（そうそう、そうしたら……）

そうしたら、部屋の扉《とびら》の前に、やたらと大きなダンボール箱が置《お》いてあったのです。こんな時間にとどく荷物が、ふつうの荷物のはずがありません。けれどその箱には、ふつうの宅配便《たくはいびん》と同じように、イナバさんの名前を宛《あ》て名《な》に書いた送《おく》り状《じょう》が貼《は》ってありました。差出人《さしだしにん》の名前は、バルタザル・ポラン。

（ポラン……バルタザル、ポラン）

バルタザル！　なんていかめしい、りっぱな名前でしょう。思わずふふ、と笑《わら》ってしまいながら、夢《ゆめ》じゃなかったんだ、とイナバさんは思いました。

そして箱を開けてみると、中にはふかふかの、

いいにおいのする、洗《あら》いたてのような小麦色の毛布《もうふ》が詰《つ》まっていたのです。

*

（それで、どうしたんだっけ）

そう、イナバさんは、どうにか大きなダンボール箱を部屋の中におしこんだのでした。

正直なところ、しみじみと感動するよりも、イナバさんはものすごく眠《ねむ》たかったのです。今にも下りて来ようとするまぶたの重さにどうにかたえ、イナバさんは箱から毛布《もうふ》を引っぱり出して抱《だ》きしめ、ベッドに倒《たお》れこみました。

――そこまでは、思い出せたのですが。

（いや、覚《おぼ》えてるぞ……覚《おぼ》えてる）

イナバさんはなぜだか、月の湖でひろわれて、ホテルで働《はたら》くことになったのです。

黒い顔の羊の支配人《しはいにん》のクロカワさんに、シロクマのシュラフさん、客室係のペンギンたち。――夢《ゆめ》、だったのでしょうか??

イナバさんは、納得《なっとく》のいかないまま、ベッドから立ち上がりました。のどがかわいて、水が飲みたいと思ったのです。ぼんやりと歩き出して、部屋の真ん中でひっくり返っていたダンボールにつまずきました。そして、箱の下からあらわれた封筒《ふうとう》に気がついたのです。

封《ふう》を切ってみると、中から便《びん》せんが二枚《まい》、出てきました。

「えーと、なになに……」

おひさしぶりです。イナバくん、お元気ですか。

おひさしぶりと言《い》われても、きみにとってはいろいろなことが、ついさっきの出来事なのかもしれませんね。でも、ぼくらにとっては……ずいぶん昔のことなのです。ぼくらはいま、ずいぶん未来《みらい》までやってきたんだよ。時間も場所も、遠く離《はな》れたきみに手紙を書くのは、なんだか不思議《ふしぎ》な感じです。

ぼくらは、元気です。あの夜は、たいへんお世話になりました。思い返すと、けっこうゆかいでしたよね。ぼくたちは、何度もきみのデータを見返しながら、なつかしく思い出しました（引きこもりがちな研究者というのは孤独《こどく》で退屈《たいくつ》なものなので、なんべんでも楽しめる思い出というのは、なかなか重宝《ちょうほう》するのです）。

きみの毛布《もうふ》のおかげで、研究はとてもはかどりました。本当にありがとう。きみが知りたいかわからないけれど、毛布《もうふ》の分析結果《ぶんせきけっか》をおしらせしておこうと思います。

まず、きみの毛布《もうふ》は、きみの体毛を多量《たりょう》に含《ふく》んでいました（きみが前回、この毛布《もうふ》を洗《あら》ったのがいつだったかは、たずねないでおきましょう）。そのせいで、毛布《もうふ》は、疑似的《ぎじてき》なきみの毛皮としての役割《やくわり》をはたしていたようです。結果《けっか》、きみ自身の毛皮と、多量《たりょう》の体毛を含《ふく》んだ疑似《ぎじ》毛皮との間でトラオミウムが循環《じゅんかん》する回路が形成《けいせい》されていたと考えられます。出口のない永久機関《えいきゅうきかん》でトラオミウムを循環《じゅんかん》させ、蓄《ちく》積《せき》し続《つづ》けていたきみの毛布《もうふ》（と、きみの毛皮）でしたが、とあるきっかけによってその回路が決壊《けっかい》します。きみの毛布《もうふ》から検出《けんしゅつ》された、コーヒーと、ミルクの成分《せいぶん》、これが鍵《かぎ》でした。コーヒーの覚醒《かくせい》と、ミルクの催眠《さいみん》。この正反対の働《はたら》きかけが回路をこじあけて、あの毛布《もうふ》に蓄積《ちくせき》されていた幻想物質《げんそうぶっしつ》があふれだしました。タイミングよくぼくらのコイン鋳造機《ちゅうぞうき》にかけられたために、あのような爆発的《ばくはつてき》コイン大発生にいたった、というのがぼくらの結論《けつろん》です。

前置《まえお》きが長くなりました。じつは、このようなお手紙を添《そ》えたのは、感謝《かんしゃ》の気持ちを伝《つた》えるためというのはもちろんなのですが、きみに知らせなければいけないことがあったからなのです。

イナバくん、じつは今、きみは「夢《ゆめ》」が不足《ふそく》している状態《じょうたい》です。きみがお風呂《ふろ》に入り、たくさんのコインが取れ、ぼくらはとても助かったのですが……じつは少々、取りすぎてしまいました。ごめん。あとの研究でわかったことなのですが、ひとは皆《みな》、自分の「かたち」を維持《いじ》するために、わずかずつですが、トラオミウムを必要《ひつよう》としているのです。試算《しさん》によれば、イナバくんのトラオミウム濃度《のうど》は、現在《げんざい》ほぼスッカラカン。非常《ひじょう》にあやふやな状態《じょうたい》だと思われます。

トラオミウムが不足《ふそく》し過《す》ぎると、自分が自分であること……名前や、過去《かこ》が思い出せなくなったりします（欠乏症対策《けつぼうしょうたいさく》に、飲み薬の開発を進めているところです）。どうでしょう。きみは、きみがだれなのか、ちゃんとわかっている？

トラオミウムは、毎晩眠《まいばんねむ》ることで補充《ほじゅう》されていく物質《ぶっしつ》で、早晩回復《そうばんかいふく》します。ただ、ほんとうに、十分な量《りょう》が戻《もど》るまでの数日の間、イナバくんの夢《ゆめ》は不安定《ふあんてい》になります。過去《かこ》や未来《みらい》、空間のへだたりがあいまいになって、夢《ゆめ》とうつつを行き来するような、奇妙《きみょう》な体験《たいけん》をすることになるかもしれません。ああ、うまく、やり過《す》ごしてくれているといいのだけど。どうか、くれぐれもお大事に。

――それでは　すてきな眠《ねむ》りが、きみにありますように。

白うさぎの友　　バルタザル・ポラン　／　ロビ一同　　拝《はい》

＊

窓《まど》から差《さ》しこむ月明かりの中、イナバさんはまばたきもせずに手紙を読み終えました。長い長い、ため息がもれました。

窓《まど》の外、西に傾《かたむ》いた空に、みかづき一つ分、けずり落としたような月が浮《う》かんでいました。

——ああ、金の月だ。

＊

ポランノホテルの支配人《しはいにん》・クロカワさんは、事務所《じむしょ》でひとり、書類《しょるい》仕事をしていました。カリカリと、ペン先が帳簿《ちょうぼ》の上を走ります。こんな静《しず》かな夜は、とても仕事がはかどります。

ゴロゴロゴロ……。部屋の外から重たい車輪《しゃりん》の音が近づいてきて、ガチャリと扉《とびら》が開きました。

「――ああ、シュラフくん、おつかれさま」

シュラフさんは、このホテルの裏方《うらかた》仕事を請《う》け負《お》っている、力持ちのシロクマです。シュラフさんは、開いた扉《とびら》から、台車に乗せた大きな荷物を事務所《じむしょ》に運び入れました。

「マネージャー、杵《きね》と臼《うす》、出してきましたよ」

「ごくろうさま」

クロカワさんは、そう言《い》いながら首をのばして、
シュラフさんの後ろを
気にするそぶりをしました。
「あれ、白うさぎくんは？」
「それが、ですねえ」
シュラフさんは、
こまったように
頭をかきました。
シュラフさんが言《い》うには、
あの突然《とつぜん》あらわれた白うさぎは、備品倉庫《びひんそうこ》でいっしょにモチつきセットを捜索《そうさく》するところまではいっしょだったのですが……倉庫《そうこ》の中がピカッと光ったと思ったら、突然姿《とつぜんすがた》を消してしまったということなのでした。「うさぎがモチをつく」という企画《きかく》は、あきらめるしかなさそうな状況《じょうきょう》になって

しまいました。

シュラフさんは、ため息をついて言《い》いました。

「まさか、幽霊《ゆうれい》だった、ってわけでもないんでしょうけど」

「月見そば、おいしそうに食べてたよねえ」

クロカワさんはそのときの様子を思い出したのか、おかしそうに笑《わら》いました。

「まあ、いいさ。白うさぎくんがどこに行ってしまったかわからないけど、幸運を祈《いの》ろう。『うさぎには親切にせよ』だ――シュラフくん、ぼくらけっこう、ここの創業者《そうぎょうしゃ》のことば通りにできたんじゃないかね」

「えっ。あれって、創業者《そうぎょうしゃ》の言葉だったんですか」

「なんだと思ってたんだい」

「……ことわざ、とか？」

「ほら、あそこに額《がく》がかけてあるだろう」

クロカワさんが、壁《かべ》にいくつもかけられた写真《しゃしん》額《がく》のひとつを指し示《しめ》しました。

「このホテルの創業者《そうぎょうしゃ》である博士《はかせ》の幻想鉱物《げんそうこうぶつ》の研究に、大いなる貢献《こうけん》を果《は》たしたのが、白うさぎだったという話だ。まあ、昔の話だけど」

「へえ……」

シュラフさんは、感心したように古い写真をながめました。ホテルに改《かい》装《そう》される前の研究所の姿《すがた》、創業者《そうぎょうしゃ》であり、このホテルの名前の由来になった、研究者の肖像《しょうぞう》写真（なんていい笑顔《えがお》）。

「あのうさぎさん、また、来てくれるだろうかね」

そう言《い》って、支配人《しはいにん》とシュラフさんは、窓《まど》から地球をながめたのでした。

III　イナバさん、漂流《ひょうりゅう》する

ざざー、ざざ――ん……。
ごおおおお……。
ざざざ――……、ざざ――ん。

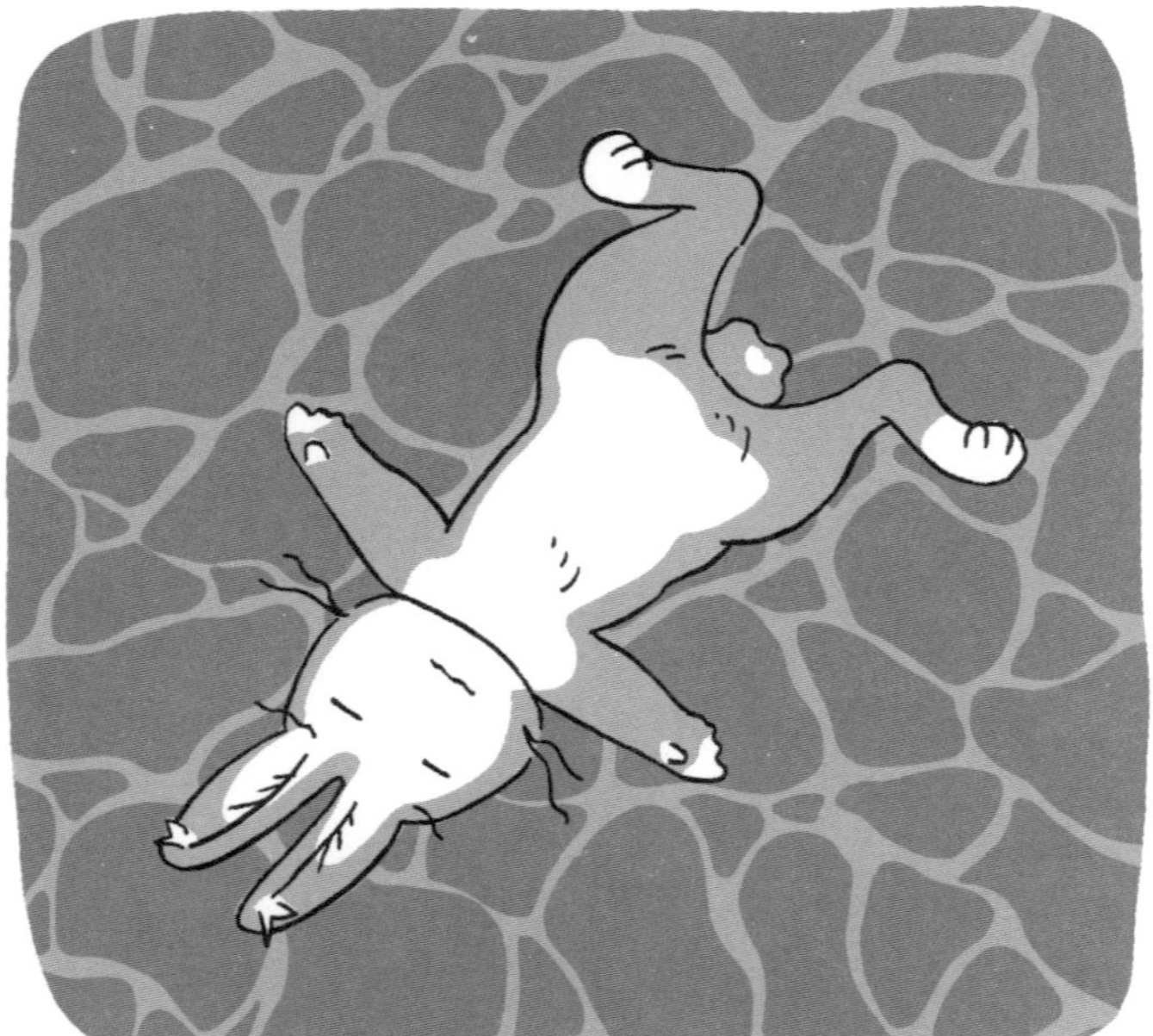

おだやかな波の音が、絶《た》え間なくつづいていました。見渡《みわた》す限《かぎ》りのなぎの海原。ぬるい水が、広がっていました。空は青空。イナバさんは大の字

になって浮《う》かんだまま、考えました。

（ぼくが泳げるうさぎで良《よ》かったよ）

声には、出しませんでした。なにしろ、いくら泳ぎの達者《たっしゃ》なうさぎでも、半分水に浸《つ》かった状態《じょうたい》でしゃべれば、

『ぼくがおよげボコボコうさぎでゴボゴボゴボぶはあ』

……とかなんとか、さえない感じになるにちがいないのですから。

一度息を止めてもぐってみましたが、底《そこ》にはたどりつけませんでした。

（塩気《しおけ》がない。真水だ）

水の中で目を開けると、青い水はどこまでも深く、ぞっとするほどに美しく、魚の一匹《ぴき》海草の一本にいたるまで、生き物の気配もないのでした。

いったい、いつからこうしているのでしょう。

イナバさんには、この漂流《ひょうりゅう》の始まりが思い出せませんでした。それでも

あわてずにいられたのは、原因《げんいん》に心当たりがあったからです。

（また、夢見《ゆめみ》てるんだ、きっと）

以前《いぜん》のイナバさんは、夢《ゆめ》を見ている最中《さいちゅう》にそれと気づくことはほとんどありませんでした。けれど、ここ数日の夢《ゆめ》はとてもくっきりとして現実感《げんじっかん》があり、見ている途中《とちゅう》に夢《ゆめ》だと気がつくことが多かったのです。

（でも、まあ、自分がだれだかわかるだけ、マシかな）

イナバさんは、しばらく前に見た夢《ゆめ》のことを思い出していました。

頭ははっきりしているのに、「自分がだれなのか」とか「どこに帰ればいいか」とか、そういうことが何もわからないのは、とても不安《ふあん》なのです。

夢《ゆめ》の中では、多少ぼんやりしているくらいが、ちょうどよく過《す》ごせるものなのだと、イナバさんは思いました。

（さて、どうしよう）

ほとんど波はありませんでしたから、浮《う》くだけならばたいした苦労《くろう》はありません。一番のこまりごとは、とにかく退屈《たいくつ》なこと。そして、暑くてまぶしいことでした。不思議《ふしぎ》なことに、これだけ明るい真っ昼間だというのに、天のどこを探《さが》しても、太陽の姿《すがた》はありませんでした。

ずっと上を見て変《か》わりばえしない空にうんざりしてきたころ、頭にこつんと小さな衝撃《しょうげき》がありました。首をひねって見てみると、ちょうどいい感じの板きれです。イナバさんはありがたく使わせてもらうことにしました。見飽《みあ》きた空から目をそらしたり、姿勢《しせい》を変《か》えるのにも便利《べんり》でしたから。

板きれを枕《まくら》にして見上げる空に、白い雲が浮《う》かんでいました。

（ロールパンの形）

こんがり焼《や》けたおいしそうなパンが思い出されて、くうう、とお腹《なか》が鳴りました。

（今、何時だろう）

夢《ゆめ》の中で時間のことを考えてもしょうがない気がしますが。ためしに、目を閉《と》じて、ゆっくり二十数えてみました。

再《ふたた》び目を開けて見える、青い空、白い雲。そしてロールパンの形。

（やっぱり、変《か》わらない）

雲は、その場所も、形も、ちっとも変《か》わらずにそこにありました。

どんな雲だって、ふつうは時がたてば、少しは形が変《か》わるものです。でも、あのロールパンの形の雲は、覚《おぼ》えのある限《かぎ》り前から、ずっと同じ位置《いち》に、同じ大きさで浮《う》かんでいるのでした。

イナバさんの視力《しりょく》は、左右ともに1・5。ものすごくいいわけではありませんが、けっこう見えます。退屈《たいくつ》しながら空をながめ続《つづ》けたイナバさんの目には、そのロールパンが、小さな四角の集まりでできているのが見えました。テレビにぐっと近づいて見ると、絵が色の粒《つぶ》つぶになって見える

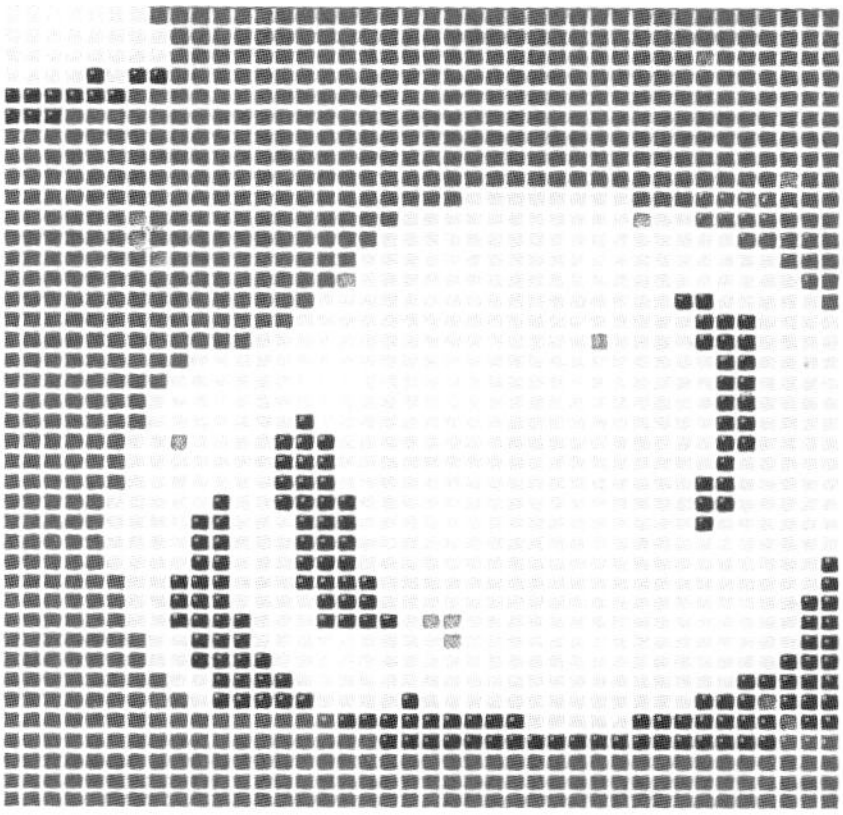

ような、あんな感じです。

（いくつか、取れちゃっている）

空に、ところどころぽつぽつと色を無《な》くしたような、小さな四角いぬけがありました。——まるで、小さな色タイルでこまやかに描《えが》いた絵が、古くなってところどころはがれおちてしまったみたいに。

イナバさんはこんな空の絵を、どこかで見たことがある気がしたのです。

（あれってやっぱり）

そのときふいに、あたりがかげりました。——ゴツン。

「イテッ」

イナバさんの頭にぶつかったものがありました。

イナバさんは、一回とぷんとしずみこんでから、立ち泳ぎの姿勢《しせい》で水面に顔を出しました。

イナバさんの頭に当たったもの、それは、たらいでした。タライ。あの、お風呂場《ふろば》にある、お湯をかけるのに使う道具です。ただし、ふつうのたらいとは決定的《けっていてき》にちがうところがあり……それは、イナバさんが乗って浮《う》かぶことができそうなくらい、大きなたらいだったのです。

　そのたらいは、ひまわりのように明るい黄色で、光を受けてちょっと透《す》けて見えました。ふちがちょっと広がっていて、手をかけて中をのぞきこむと、赤い色のカタカナが見えました。なにやらなつかしさを感じる四文字は、意味は分からないながらも、たいへん見なれたものでした。

そして、さっきから枕《まくら》にしたり、ビート板みたいにして使っていた板きれにしても、あらためて見てみれば、脱衣所《だついじょ》なんかで見たことのあるような、すのこにちがいないのでした。

*

「ハァ——……」

なんとか巨大《きょだい》なたらいに乗りこんで、イナバさんはため息をつきました（桟橋《さんばし》もない、支《ささ》えも何もないところでたらいに乗りこむのはとてもたいへんでした。なにせ、片側《かたがわ》に傾《かたむ》いたタライは、グルグル回ってあばれてしまうのです）。

イナバさんは、大の字になるにはちょっとせまいたらいの中であおむけになり、ようやくひと心地《ごこち》つきました。

タイルで描《えが》かれたようなニセモノの空の、ニセモノの日差《ひざ》しにさらされて、イナバさんの毛皮がかわいていきます。乗りこむときにたらいの中に入ってしまった水も、そのうちかわきそうでした。

バランスを取りながら立ち上がってみると、だいぶ視界《しかい》が開けました。両手をひさしにして、ぐるりと水平線を見回します。はるか先まで続《つづ》く海原。そこには青い島影《しまかげ》も、白い船影《ふなかげ》も見えません。

こつん、とたらい船に振動《しんどう》がひびきました。船べりから確《たし》かめると、ぶつかったのは、つるりとしたプラスチックのイスでした（これは、イナバさんが座《すわ》るのにちょうどいい、ノーマルサイズでした）。

イナバさんは、イスをたらいに引き上げました。座《すわ》ってみると、体育座《ずわ》りやあおむけでいるよりずっとラクです。

よしよし。イスにこしかけ、船べり越《ご》しに目をこらしてみると、他にもちらほらと漂流物《ひょうりゅうぶつ》があるのが見えてきました。
イナバさんは、手のとどく範囲《はんい》に流れてきたものはどんどん回収《かいしゅう》してい
きました。タオル、ボディブラシ、シャンプーボトル。リンスのボトルは
空でした。ここがほんものの海なら、どこのけしからん輩《やから》が海洋投棄《とうき》した
のかとあきれるほどの品ぞろえです。
タオルはすぐにかわいて日よけになりましたし、ほっかむりにするとだいぶ暑
さがやわらぎました。
ひととおり居住性《きょじゅうせい》を上げてしまうとすることがなくなって、イナバさんはヒマになってしまいました。
ぼんやりとたらいのふちによりかかっていると、とりとめもない考えが浮《う》かん

できて、長いためいきがもれました。イナバさんは、ここ数日、見た夢《ゆめ》をわすれられない日々が続《つづ》き、少し疲《つか》れがたまっていたのです。

(そう、そう。覚《おぼ》えてる)

とある晩《ばん》に見た夢《ゆめ》では、イナバさんは、ある手品師《てじなし》のシルクハットから飛《と》び出すうさぎの役目を与《あた》えられていました。手品師《てじなし》の引退公演《いんたいこうえん》を華々《はなばな》しく演出《えんしゅつ》するために、舞台監督《ぶたいかんとく》はものすごくはり切っていました。イナバさんは、シルクハットへつながるトンネルをかけ上がるためのトレーニングとか、フィナーレを飾《かざ》るラインダンスの練習まですることになったのです。

また、別《べつ》の晩《ばん》に見た夢《ゆめ》では、イナバさんは、なつかしいにおいをさせるエプロンを身に着けた女のひとに、大きなタモ網《あみ》を押《お》しつけられました。これで、空を飛《と》び回るインコの群《む》れを捕《つか》まえてくれと言《い》うのです。

PARAKEET
MAGICIAN

イナバさんは、がんばりました。飛《と》べないうさぎが飛《と》べる鳥を捕《つか》まえるのはとても大変《たいへん》なのに、です。つかまった鳥は、なぜだか一羽ずつが美味《おい》しいクッキーになり、イナバさんも労働《ろうどう》の対価《たいか》として一枚《まい》もらったのですが……いざ食べようとしたら、目がさめてしまったのは、あまりにも、あんまりでした。

（自分の夢《ゆめ》なのに、ちっとも思い通りにならない）

不自由《ふじゆう》な夢《ゆめ》を、夢《ゆめ》と知りながら目ざめを待つのは、なかなか骨《ほね》がおれることでした。

イナバさんは、この数日で、すっかり『夢《ゆめ》づかれ』していたのです。夢《ゆめ》というのは、ほどよく忘《わす》れてしまうから良《よ》いのだと、しみじみ納得《なっとく》できました。寝《ね》ても、起きても、心がずっとひと続《つづ》きで、ちっとも休まるひまがないのです。

「――そうだ」

ひまを持てあましたイナバさんは、ふと声を上げました。ひろい物の空のリンスボトルが、吸《す》い口のついた水筒《すいとう》に見えて、イナバさんはポンと手を打ちました。これに飲み水を入れておけば、のどが乾《かわ》いたときに水分をとりやすいかもしれません。

イナバさんは、舟遊《ふなあそ》びをするお嬢《じょう》さんのように、船べりから水面に手をのばし、リンスのボトルを水に浸《ひた》しました。きれいにすすがなくちゃ。できるかぎり、キレイに。しゅこしゅこと水を入れ替《か》えて、何度もすすぎました。

ためしに口をつけて、チュウウ、と水を吸《す》ってみました。とたんに口の中に広がる、でたらめなお花畑。

「うええ、おいしくない！　まずい」

思わずぺっとはき出して、イナバさんは口のまわりをぬぐいました。

（……いいもんね、どうせまわりは水だらけなんだし。のどがかわいたらすくって飲めばいいんだ）

イナバさんはふくれっつらでリンスのボトルからチューッと水を噴射《ふんしゃ》しました。なんだか、水鉄砲《みずでっぽう》みたいです。ちょっと楽しくなってきて、イナバさんはピューピューと目標《もくひょう》も定めずに水を撃《う》ち出しました。なにしろ、イナすることがないのです。ヒマなのです。気をまぎらわしたいという気持ちも、あったかもしれません。

（そうだ）

イナバさんは、ボトルの首のところをひねり開けると、シャンプーを少し入れて、水を足してみました。

きゅっ。

ボトルの胴《どう》を押《お》すと、ぷかーり、その口から、見事な虹色《にじいろ》のシャボン玉がふくらみ出てきました。

「わあ……」

イナバさんは、思わず歓声《かんせい》をあげました。

「わあ——……あ？　わっ、わわっ」

イナバさんがあわてたのは、シャボン玉の膨張《ぼうちょう》がいつまでも止まらなかったからでした。そのシャボン玉は、表面の虹色模様《にじいろもよう》をぐるぐると目まぐるしく変化《へんか》させながら、鼻ちょうちんのように、リンスボトルの容積分《ようせきぶん》の空気をはるかに超《こ》えてもまだふくらみ、浮《う》き上がろうとし始めました。ボトルごと。

「う、うわっ」

イナバさんは、あわててリンスボトルを頭上でふり回しました。

シャボン玉は、すでにイナバさんくらいならよゆうで収《おさ》まってしまいそうな大きさになり、ボトルごとイナバさんを持ち上げてしまいそうになりました。つま先立ちになった足先が浮《う》き上がりそうになったところで、シャボン玉はぷつんとボトルから離《はな》れ（イナバさんは、ボトルごとタライの中に落っこちました）、そのままゆっくりと宙《ちゅう》に舞《ま》いあがりました。切り離《はな》されたイナバさんは、たらいの中で尻《しり》もちをついたまま、巨大《きょだい》な

シャボン玉を見送りました。

「おお……」

シャボン玉は、ギラギラと虹色《にじいろ》に輝《かがや》きながら上昇《じょうしょう》をつづけ……そして、ある高さに到達《とうたつ》すると、まるで天井《てんじょう》でもぶつかったみたいにぽよんとはねもどって、ぱちんとはじけて消えました。

「――なんか、すごいぞ」

もう一回、もう一回！　興奮《こうふん》したイナバさんは、二度、三度とくりかえし、シャボン玉を飛《と》ばしました。そのたびにシャボン玉は、虹色《にじいろ》のマーブル模様《もよう》をぎらつかせながら、ゆるやかな風に乗ってどんどん上昇《じょうしょう》し、ある高度に達《たっ》すると、ぱちんとはじけるのでした。

（これ、けっこう遠くからも見えるんじゃないかな？）

きらきらと光るシャボン玉を見上げながら、イナバさんはふと思いいたりました。これって……救難信号《きゅうなんしんごう》のかわりにならないかしら？

シャンプーボトルを日に透《す》かしてふってみると三分の一くらいでタプタプと液《えき》がゆれるのが見えました。ひろい上げた時は、半分以上《いじょう》残《のこ》っていた気がします。もう、無駄《むだ》づかいはしないほうがいいかもしれません。

（ここが夢《ゆめ》の中だとして……）

いつか目ざめる夢《ゆめ》だとしても、助かったり、だれかに助けてもらえる夢《ゆめ》になるためには、それなりに努力《どりょく》が必要《ひつよう》ではないでしょうか。

イナバさんは、救難信号《きゅうなんしんごう》を送るための計画を立てました。シャボン玉がひとつだけ飛《と》んでいても、すぐに消えてしまえば、運よく見かけたひとがいても気のせいだと思ってしまうかもしれません。何度もくりかえさなくては。

検討《けんとう》のすえ、一度に飛《と》ばすシャボン玉の数は、三個《こ》と決めました。サイズは、両腕《りょううで》で丸を作ったくらい。濡《ぬ》らしたタオルを船べりにかけておいて、それがかわくたびに、シャボン玉を打ち上げる、と。

「――よし、タオルがかわいたぞ」

イナバさんは、シャボン玉を打ち上げます。

ポヨン……、ポヨン……、ポヨヨン。

青い空に、虹色《にじいろ》のシャボン玉が、ゆっくりと追いかけっこをするようにのぼっていきました。

「……そろそろかな？」

白っぽく乾燥《かんそう》してきたタオルに、イナバさんは船底《ふなぞこ》にあおむけになったままふれてみました。カリッとしています。

なれてきて、今度は寝転《ねころ》がったまま足でボトルをおしてみました。

ポヨヨヨ……、プゥワ――……、ポヨヨン。

「……ふわ──あぁ……」

ポヨン……ポヨヨン……。


何度目の、シャボン玉を打ち上げたでしょうか。

イナバさんは、シャボン液《えき》のボトルが空になるよりも前に、タライにあおむけになって日よけのタオルをかぶり、いびきをかきはじめていました。

夢《ゆめ》の中だというのに。


フカー、フカー、フカー……。　フガッ！

……フカー、フカー、フカー……。

イナバさんが気持ちの良《よ》いいびきを立てていたときでした。タライの船《ふね》

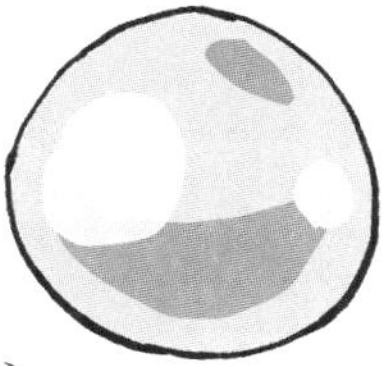

がゆらーりゆらりとこれまでになく大きく揺《ゆ》れました。あんまりなめらかにゆれたので、中で眠《ねむ》っているイナバさんには、心地よいゆりかご程度《ていど》にしか感じられなかったようですが——。

ザザザザ……。もし、上空から見ている鳥がいれば、三角の白波を立てて、イナバさんのたらいに近づく、ピカピカの船があるのに気づいたでしょう。

ザザザザザ……ズズー……ン。

♪　チャンカチャンカ。チャンカチャンカ　♪

ぴ——、ひょろ——、ぴ——。

そのクルーザーは、スピーカーから陽気なお囃子《はやし》をあたりにひびかせながら、イナバさんのタライに横づけして止まりました。

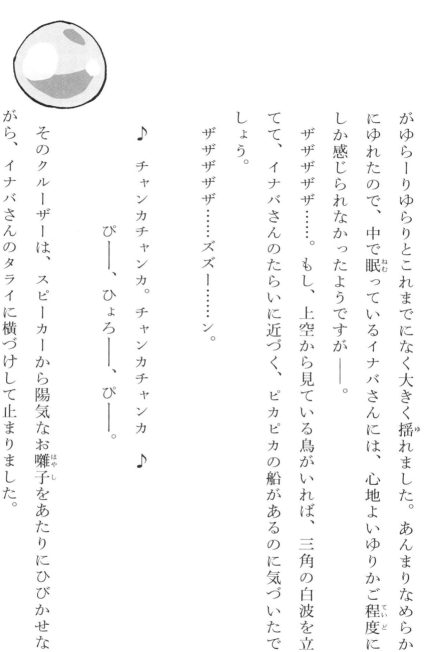

「ううーん……。フガッ」

たらいはクルーザーの影《かげ》に入り、イナバさんは眠《ねむ》ったたまま、顔をモゴモゴさせてから、寝返《ねがえ》りを打って体を丸めました。音楽がうるさいのか、耳も抱《だ》きこんで、寝《ね》なおしてしまいました。

……フカー、フカー、フカー……。

ガヤガヤとした話し声とともに、いくつもの影《かげ》がイナバさんのたら

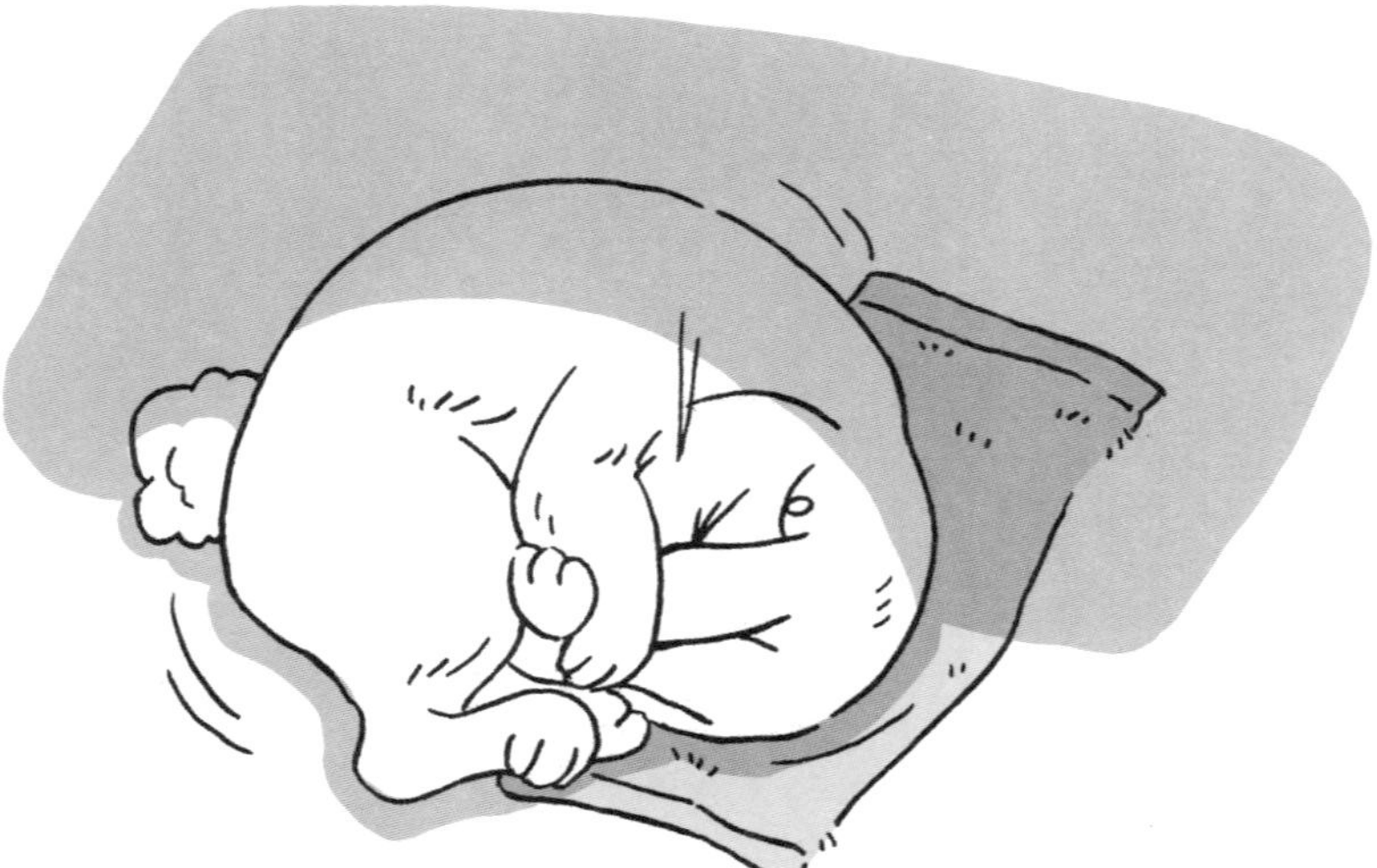

いを見下ろしました。――その数、七つ。

「エビッさんが、救難信号《きゅうなんしんごう》じゃないかって言《い》うから、来てみたけれど。まあ……とりあえず引きあげますか」

呆《あき》れたように、影《かげ》のひとつが言《い》いました。

「なんとも、危機感《ききかん》のない御仁《ごじん》だね。いびきかいてるよ」

別《べつ》の影《かげ》が、どこかゆかいそうに言《い》う声は、イナバさんには聞こえていなかったのでした。

＊

——ジャボーン!!

ブクブクブクブク……。気がついたら、イナバさんは水中にいました。水、水、水。まわりはみんなぬるい水でした。

(……!!?　——!!)

ガバゴボゴボガバ!　上のほうに、ゆらめく明るい光が見えました。イナバさんは必死《ひっし》で光めざして水をかきました。

ぶはあ!

水から突《つ》きぬけた、と思ったら……そこはお風呂《ふろ》の湯ぶねでした。

イナバさんは、頭からびしょぬれのまま、空気を求《もと》めて何度もあらい息をつきました。洗《あら》い場や、湯ぶねにつかっていたおじさんたちが、目を丸

陣中最中
蚊取線香
鳳仏具
質
白石
大浜書店
ヒノキ堂
ウサギマチ商店
黒田眼

くしてイナバさんを見ています。

「ここは……」

この場所には、覚《おぼ》えがありました。そう、ここは、ウサギマチの銭湯《せんとう》「宝湯《たからゆ》」です。……思い出しました。イナバさんは今日、町の銭湯《せんとう》に入りに来ていたのです。

「お兄ちゃん、だめじゃないか」

近くにいたゆでだこ頭のおじさんが、イナバさんをたしなめました。

「あっ、ごめんなさい」

イナバさんは、反射的《はんしゃてき》に謝《あやま》りました。

「いやいや、ウトウトしてると思ったら、急に沈《しず》んじゃうんだもの。おぼれたかと思って肝《きも》が冷《ひ》えたよ」

心配してくれただけだったみたいです。イナバさんは申《もう》し訳《わけ》なさに首をすくめながら、たらい船から見た光景《こうけい》を思い出していました。あのうんざ

りするほど退屈《たいくつ》だった漂流《ひょうりゅう》は、ほんの短い居眠《いねむ》りのあいだに見た夢《ゆめ》だった
のでしょうか？
そんなことを考えながら、湯ぶねにつかって見上げた壁《かべ》のタイル絵には、
海と富士山《ふじさん》が描《えが》かれていました。空に
浮《う》かぶ雲は、どことなくロールパンに
似《に》ているような。

（……うーん？）
イナバさんは、ドボドボとお湯の出
てくるそそぎ口の上の壁《かべ》に視《し》線《せん》を移《うつ》し
ました。みごとな宝船《たからぶね》の絵が描《えが》かれて
います。
（ああ、宝湯《たからゆ》だからな）
「宝《たから》」と大書きされた帆《ほ》を張《は》って、あ

ふれんばかりの金銀財宝米俵《きんぎんざいほうこめだわら》を満載《まんさい》した船は意気揚々《いきようよう》。船べりから乗り出す七人の神様は上機嫌《じょうきげん》です。

しぜんと、イナバさんの目は、船上の豪勢《ごうせい》な宝物《たからもの》に吸《す》いよせられました。わらじのような大判《おおばん》、小判《こばん》。それに……ただ丸い、金色のコイン？

イナバさんが首をひねっていると、少し離《はな》れたところでお湯につかっていたおじいさんが、すいー―、と寄《よ》ってきて、言《い》いました。

「なあ、お兄ちゃん。わしの、気のせいかもしれんが」

「何がです？」

イナバさんは首をかしげました。

「あんた、さっきこの宝船《たからぶね》の中にいなかった、かね？」

＊

♪　チャンカチャンカ、チャンカチャンカ　♪

ぴ――、ひょろ――、ぴ――。

陽気なお囃子《はやし》とともに、宝船《たからぶね》は、白波を立ててぬるい海原を進みます。

「――あのうさぎ、ちゃんと帰れたかね？」

「大丈夫《だいじょうぶ》、大丈夫《だいじょうぶ》。われらラッキーセブンのすることだもの、すべては吉《きち》に転じるのさ」

チャリン……、チン、チャリン。

お手玉のように放り上げた金色のコインは、すずやかな音を立てて、まぶしい光を反射《はんしゃ》します。

こうして、きょうも、神様たちの陽気なクルージングはつづくのです。

宝

野見山 響子 のみやま きょうこ

1978年埼玉県に生まれる。東京農業大学応用生物科学部バイオサイエンス学科卒業。在学中から版画制作をはじめ、2006年よりフリーのイラストレーターとして活躍。おもにゴム版画によるイラストレーションを制作。『ひつじ探偵団』（早川書房）の装画をはじめ、挿絵に『アヤカシさん』（福音館書店）『リンちゃんとネネコさん』（講談社）『ぼくんちの海賊トレジャ』（偕成社）などがある。個展も数多く開催。初めて文と絵の両方を手がけたのが『イナバさん!』（理論社）。続編に『イナバさんと雨ふりの町』と本書がある。

埼玉県春日部市在住。https://www.kyokonomiyama.com

イナバさんと夢《ゆめ》の金貨《きんか》

2024年2月　初版
2024年2月　第1刷発行

作者　野見山 響子
デザイン　アルビレオ
発行者　鈴木博喜
編集　芳本律子
発行所　株式会社 理論社
〒101-0062 東京都千代田区神田駿河台2-5
電話　営業03-6264-8890 編集03-6264-8891
URL　https://www.rironsha.com
印刷・製本　中央精版印刷
本文組版　アジュール

ISBN978-4-652-20604-1 NDC913 A5判22cm 222p

ゆかいで、だきしめたくなる
白うさぎファンタジー

イナバさん！

「イナバさんは、忘れ物が多い」

「夜のカフェテラス」

「イナバさん、影を追いかける」

の三話。

イナバさんと雨ふりの町

「イナバさんと雨ふりの町」

「イナバさんと福引き券」

「イナバさんと電話ボックス」

の三話。